Zhongguo Wenhua
Zhishi Duben

中国文化知识读本

豪放词派

主编 金开诚

编著 李海霞

吉林出版集团有限责任公司

吉林文史出版社

图书在版编目（CIP）数据

豪放词派 / 李海霞编著 . 一长春：吉林出版集团
有限责任公司：吉林文史出版社，2009.12（2022.1 重印）
（中国文化知识读本）
ISBN 978-7-5463-1524-9

Ⅰ . ①豪… Ⅱ . ①李… Ⅲ . ①豪放派 – 词（文学）–
文学欣赏 – 中国 Ⅳ . ① I207.23

中国版本图书馆 CIP 数据核字（2009）第 222483 号

豪放词派

HAOFANG CIPAI

主编/ 金开诚　编著/李海霞

项目负责/崔博华　责任编辑/曹恒　于涉

责任校对/王文亮　装帧设计/曹恒

出版发行/吉林文史出版社　吉林出版集团有限责任公司

地址/长春市人民大街4646号　邮编/130021

电话/0431-86037503　传真/0431-86037589

印刷 / 三河市金兆印刷装订有限公司

版次 /2009 年 12 月第 1 版　2022 年 1 月第 3 次印刷

开本/650mm×960mm　1/16

印张/8　字数/30千

书号/ISBN 978-7-5463-1524-9

定价/34.80元

关于《中国文化知识读本》

　　文化是一种社会现象，是人类物质文明和精神文明有机融合的产物；同时又是一种历史现象，是社会的历史沉积。当今世界，随着经济全球化进程的加快，人们也越来越重视本民族的文化。我们只有加强对本民族文化的继承和创新，才能更好地弘扬民族精神，增强民族凝聚力。历史经验告诉我们，任何一个民族要想屹立于世界民族之林，必须具有自尊、自信、自强的民族意识。文化是维系一个民族生存和发展的强大动力。一个民族的存在依赖文化，文化的解体就是一个民族的消亡。

　　随着我国综合国力的日益强大，广大民众对重塑民族自尊心和自豪感的愿望日益迫切。作为民族大家庭中的一员，将源远流长、博大精深的中国文化继承并传播给广大群众，特别是青年一代，是我们出版人义不容辞的责任。

　　《中国文化知识读本》是由吉林出版集团有限责任公司和吉林文史出版社组织国内知名专家学者编写的一套旨在传播中华五千年优秀传统文化，提高全民文化修养的大型知识读本。该书在深入挖掘和整理中华优秀传统文化成果的同时，结合社会发展，注入了时代精神。书中优美生动的文字、简明通俗的语言、图文并茂的形式，把中国文化中的物态文化、制度文化、行为文化、精神文化等知识要点全面展示给读者。点点滴滴的文化知识仿佛繁星，组成了灿烂辉煌的中国文化的天穹。

　　希望本书能为弘扬中华五千年优秀传统文化、增强各民族团结、构建社会主义和谐社会尽一份绵薄之力，也坚信我们的中华民族一定能够早日实现伟大复兴！

目录

一　词之起源——千年学案

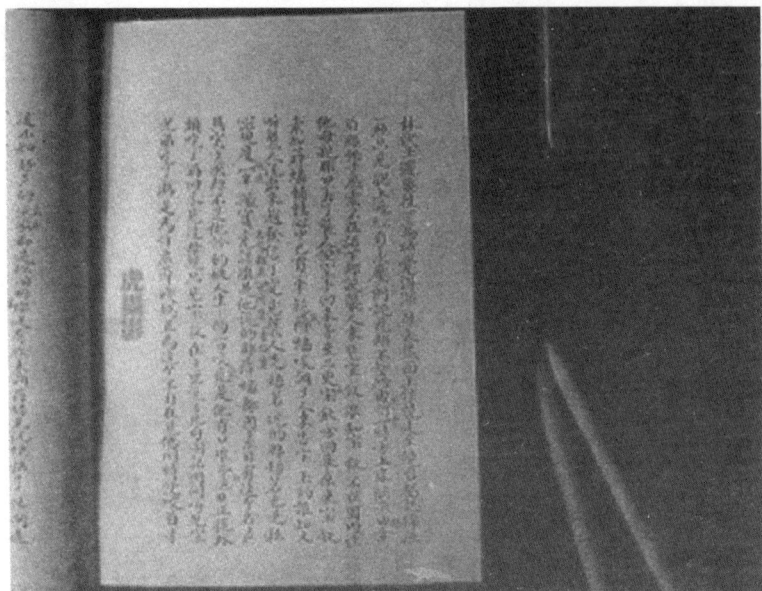

宋词

词是我国独有的文学样式。词学家们认为，中国词史的揭开，最早要追溯到隋唐时代。词从产生之初就在民间广为流传，是与高雅文化对立的俗文化，带着明显的市民文学的特征。后来，经过文人的加工填词之后，赋予了它一些内涵，使其成为一种新的艺术形式。这样，产生于"胡夷里巷"的词，终于艰难地从被人轻视的角色发展为一种独立的文体，走进了神圣的文学殿堂，并与诗文争领风骚。尽管如此，词所表现的是具有普遍意义的情感和意志，而不像诗歌那样只"言"个人之"志"。它的阅读对象是整个社会，也不像诗歌那样只在某个群体或上层社会之间流传，它具有与时代文学思想相契合的独立的文学品格和艺术精神。

（一）词体起源四说

"问渠哪得清如许，为有源头活水来。"宋词的源头在哪里？下面，让我们走进深邃的历史隧道，去探视这个最为基本的问题。然而，就目前来看，"词之起源"是词学研究中的千年学案。概括说来，关于词体的起源问题，主要有以下四种说法：

第一种说法认为词起源于长短句，要追根溯源到远古歌谣和《诗经》；

第二种说法认为词就是"诗余"，即诗歌的余音，是一种新诗体，它直接从诗脱胎

《诗经》

而来，和诗有着千丝万缕的联系，"词代诗兴"成为抒情吟唱文学一代大宗；

第三种说法认为词起源于汉魏乐府，因为乐府配乐歌唱，句式长短不一；

第四种说法则认为词是伴随着隋唐燕乐而产生的。所谓"燕乐"，也叫"宴乐"，即宴享娱乐活动中所用之乐，是与"雅乐"相对的"俗乐"。"燕乐"的名称早在周代就有，历代宫廷也都有宴享之乐，但是历代"燕乐"的内容和性质并不相同。隋唐燕乐所包含的内容比前代"燕乐"有了极大的扩充与丰富，其音乐性质也发生了深刻而全面的变化。它是在六朝以来中原音乐和南方音

《乐舞图》

《乐舞图》

乐的基础上再融合西域音乐而形成的一种新型民族音乐，是"雅乐"之外以民间新兴"俗乐"为主体的艺术性音乐的总称，具有鲜明而强烈的通俗性、娱乐性和抒情性。

可见，关于"词的起源"问题，学术界依然存在分歧。今天，我们有幸站在前

词之起源——千年学案

人的肩上，站在前人奠定的制高点上综观他们的看法，不难得出这样的结论：以上四种说法均有一定的道理，但不全面。其实，词体的诞生是各种历史因素综合作用即历史合力的结果，长短句、五七言歌辞、汉魏乐府和燕乐，时代、社会和文化因素，都曾参与其中。概括起来，我们有如下认识：

1."词起源于民间"。这一点在 20 世纪的词源研究中最早取得一致，被称为词的起源之"民间说"。1949 年以来，大多数文学史教科书、词学论著，以及著名词学家，都旗帜鲜明地主张"词起源于民间"，都坚定而一致地认定"民间"这个源头。此外，20

"词起源于民间"这一说法得到许多人的认可

神秘绚丽的敦煌壁画

世纪初敦煌藏经洞的打开，敦煌写卷文学作品的发掘，尤其是 20 世纪 20 年代以来伴随着对敦煌写卷曲子词的文献整理和研究工作的不断发展和深入，敦煌曲子词作为现存最早也是数量最大的一批以唐五代民间词为主体的文学作品，越来越引起广大词学研究者的关注和重视，词的起源研究的"民间说"也由此获得了最有力的实证支持。

2. "词"是一种流动发展的文学艺术样式。词在产生之初，呈现为一种综合艺术形态，随着历史的演进，逐渐转化为一种纯粹的文学形式。具体说来，在唐宋时

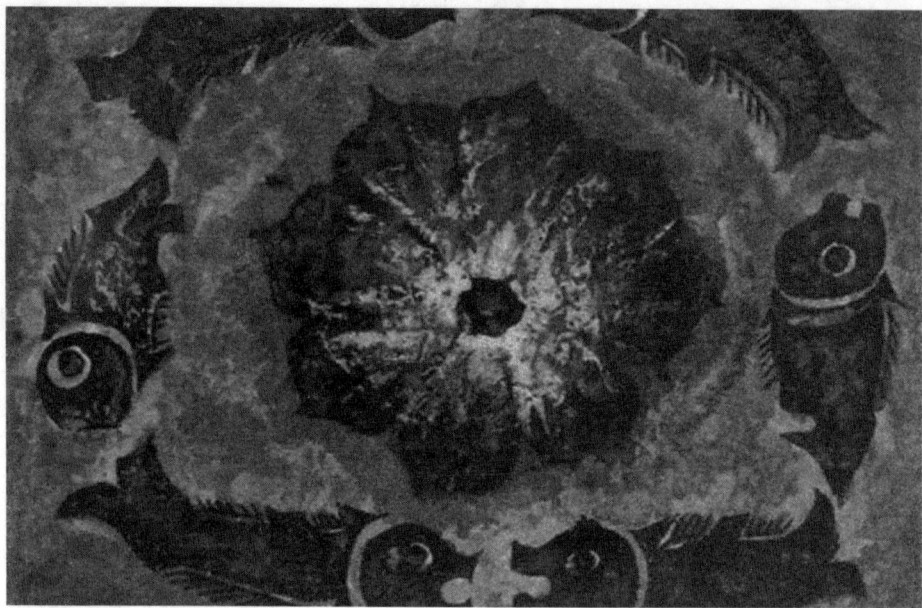
鱼戏莲

代，"词"主要是歌词，作用是配合流行音乐曲调而歌唱；宋代以后才与音乐剥离开来，演变成一种具有格律形态的抒情诗体。这就像"乐府"是入乐歌唱的歌辞演变为不可歌的徒诗一样。

3."词"是一种音乐文学形式。在当时，唐宋词融合诗、乐、歌、舞为一体，这一点在今天已经脱离音乐歌舞而表现为书面文学以长短句为主要形体特征的词体形式，在社会功能和文学品格上是有区别的。这种区别就像汉乐府与六朝拟乐府、唐代新乐府之间的区别一样。

4."依调填词"或"因声度词"的词乐

配合方式。这里的"调"或"声"是指音乐曲调或谱式，词的创作是先有曲调后填词，由乐来定词，这个曲调就是后来的词牌。据记载，当时这种创作约有两种不同的形式：一种是"由乐定词"，即词人用已有的曲调配上新词，也称"填词"，这种形式被后人一直沿用，故有写诗填词之说；另一种是"依词配乐"，即词人依据新的歌词创作新的曲调，也称自度曲。

中国文化植根于农业文明

5. 唐宋词所依据的"声""调"，主要是指隋唐时期新兴的音乐——燕乐曲调，这是在魏晋以来中原音乐、南方音乐和西域音乐相互交融的基础上所创造的一种新音乐，是与"雅乐"相区别的以"俗乐"为主流的娱乐性、艺术性音乐的总称。

6. 长短句是曲子词的句式特征。由于词的语言形态要受到乐谱的限制，而乐句是长短不齐的，那么，词的语言形态就不能不是长短句了。同时，中国文化又是一种植根于农业文明、师法古代的史官文化，词人们从地位尊崇的《诗经》中找到了参差的句式，从影响深远的汉乐府里找到了杂言的形式，又从梁武帝、隋炀帝的歌词中找到了按谱填词的范本，因而，《诗经》

以来的参差句式必然是曲子词的句式范本。

可见，词由隋唐音乐文化的新变催生，是隋唐燕乐曲子流行的新产物，是诗歌与音乐在隋唐时代以新水准和新方式高度融合的产物。所以说，词体的源头是一个多元的构成，可谓是应运而生。那么，到底应该如何定义词呢？《中国文学大辞典》中说：词是指隋唐时代随着燕乐兴盛而产生的一种合乐可歌的新诗体。它又被人称为曲、曲子、曲子词、乐府、近体乐府、乐章、琴趣、歌曲和诗余等。由此可见，词和诗、文、小说、戏曲一样，是中国文学中的一种体裁。

《宫乐图》

（二）音乐：词之本

从词的定义来看，词又被称为曲、曲子、曲子词、乐章、乐府、琴趣、歌曲等，这些别称表明了词和音乐的特殊关系。可以说，音乐是词之本。如果离开了音乐，词也就根本无从产生，也就没有词了。词的起源受音乐的影响，这是百年来学术界所公认的事实。所以人们又把词看作音乐文学，以此来说明二者息息相关。自古以来，文学和音乐的结合，是中国文化的一个重要特点。文学在产生之初，就和音乐结下了不解之缘，可以说，文学和音乐这两种艺术样式是异根同源的。

众所周知，词体的兴起与燕乐有很大关系，而燕乐就是隋唐时各民族音乐融合而成的一种新式音乐。隋唐五代时期，随着华夏社会版图的不断扩大和异族思想文化的大肆进入，各民族音乐和华夏社会流行的原有音乐相结合，产生了一种新兴的音乐——燕乐。同时，那是一个思想解放的年代，各种异域思潮纷至沓来，原有的音乐兼容并包，海纳百川。于是民族音乐在大踏步前进的基础上，张开手臂欢迎和拥抱了来自西域和其他各地的新成员，使得自身发生了质变，成为风靡一时的流行俗乐。词就是在此时诞生的一个文学新品种，它是随着音乐的发展而产生，而且是能合乐歌唱的一种新诗体。可见，词在萌生之初，就与生俱来地具备了"合乐可歌"的特点，它是配合新兴乐曲而演唱的歌词。词与音乐的关系犹如鱼与水一般亲密无间。

在封建社会，统治者掌控着国家机器，占有一切财富

（三）娱乐：词之源

《宫乐图》

在阶级社会中，统治者掌控着国家机器，聚敛了大量财富。他们不仅充分享受着物质财富给他们带来的无限欢乐，而且还全部占有着精神领域内的一切娱乐活动。因而，娱乐权也就不容置疑地专属于统治阶级了。另外，统治者在政事之余还要调节精神、愉悦身心，或者宴请宾朋、寻欢作乐等等，这些活动都需要举行相应的娱乐活动。同时，隋唐以来城市经济迅速发展，市民阶层不断壮大，市井生活丰富多彩。从文学发展的规律来看，这一切都是世情文学滋生的深厚土壤。而除舞蹈

随着唐帝国的空前强盛，词逐渐进入游园观赏、文人雅集等场合

外，最常见的娱乐活动就是歌唱。歌曲，可以说就是语言的音乐化。即使是舞蹈的表演，在多数情况下也是结合着歌唱进行的。而这种歌唱除了音乐外，还应有唱词。这就为词的产生提供了最适合的土壤，也是词体得以广泛传播的社会基础。在这样的社会大背景下，词应运而生。曲词相互配合的词体，由于其内容随俗、音调动听，自然受到广泛的喜爱。这类唱词一般都是按音乐的曲调撰写的，其内容自然是配合娱乐活动的需要，或事先写好，或当场发挥，有的根据主人的爱好，有的仿照演唱者的口吻，后人把这种按音乐而写词的方式称作"填词"。填，即填充也，它非常形象地描绘了这种艺人或文人依照演奏的音乐曲调而写词的文学创作方式。而音乐的曲调有快慢高低之分，这也使所填的文字具有差别，词之文本句式长短不一，形成所谓的"长短句"。可见，词与娱乐的关系密不可分。词因娱乐而产生，也因娱乐而发展。在娱乐中，词找到了用武之地，也体现出存在的社会价值。社会生活需要娱乐，也就需要词。就这样，随着唐帝国的空前强盛，经济的持续繁荣，社会的长久稳定，城市的兴旺发达，词历经隋代和唐初的幼年

社会的稳定和经济的繁荣，使词得到了长足的发展

词是我国文学长河中一朵璀璨的浪花

期之后，很快在盛唐、中唐，尤其是晚唐五代时期获得了长足的发展。因而，词堂而皇之地进入了宫廷，也进入了达官贵人之家，文人雅集、游园观赏、节日晚会等重要社交场合，都要伴随着歌舞的演出，与娱乐如影随形。可见，娱乐的需要是词产生的根源。娱乐，才是词发展的原动力。

词的流变

中华民族历来是富有创造性的，他们从

历史的深处走来，不仅在神州大地上创造了不朽的物质文明，也创造了灿烂的精神文明。就文学而言，以《诗》《骚》为源头，用智慧演绎着奔腾不息的文学长河。词作为其中的一个灿烂存在，经历了从萌芽到成形并逐步完善的发生发展过程。然而有的事物较单一，其发生发展过程就相对清晰；有的事物较复杂，其发生发展过程也就相对模糊，词应该属于后一种情况。词兴起于唐代，发展于五代（907—960年，繁荣于北宋（960—1127年），派生于南宋（1127—1279年），这样分期当然是极为简略粗疏的。"词"在唐五代，原是多种歌辞体裁中的一种特殊形态，当时主要称之为"曲子"或"曲子词"，后来简称为词，就是我们今天用以跟诗或曲对称的词；"宋词"主要是在唐五代"曲子词"的基础上发展演变而来的，宋以后的词又是承宋词而继续衍演变化的，它们之间有着明显而确切的传承关系。

1. 唐五代词

敦煌曲子词。还是让我们从词的源头——敦煌词入手吧。1899年，敦煌石室发现了一大批唐代珍宝，其中就有著名的曲子词写本残卷，所收曲子词一百六十多首，其年代作者皆不可确考，大多是唐五代无名氏的民间作品。

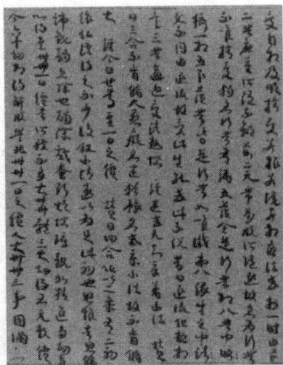

唐敦煌石室写经

词之起源——千年学案

这本《敦煌曲子词集》是我国最早的词总集，为研究词体的原型提供了宝贵资料。经研究发现，敦煌曲子词作者身份多样、题材广泛、词境宏阔、社会性强。从艺术风格看，敦煌词有的粗犷热烈，有的委婉深沉，有的俚俗，有的精巧，有的质朴。尤其应当强调的是，敦煌词作者所抒发的感情大多健康活泼、清新自然。此外，词体容量有大有小，有小令也有慢词，词体格式也不固定，富于变化，手法也还有些稚嫩。由此可见，唐朝时，词这种文学形式在民间已经很流行了，敦煌词应该是词体发展的初级阶段。

唐代民间词的产生，有其深厚的社会历史文化积淀。自从汉武帝罢黜百家、独尊儒术以

敦煌莫高窟

来，儒家思想也渗入到诗学中。诗歌本是用来抒情言志的，而在特殊的社会背景下，往往就只能言志而不能抒情了，并且所言之"志"也只能是儒家"修身齐家治国平天下"的"志"。在这种权力话语的支配下，文人的个性情怀受到压抑，情感很难找到宣泄的机会。于是，文人们开始思考诗的内涵，陆机提出了"诗缘情而绮靡"（《文赋》）。但是，由于儒家诗教在我国已根深蒂固，所以，"缘情而绮靡"的诗歌创作主张不可能真正得到实施。这就迫使文人们突破藩篱，别筑庭院。脱下儒家正统诗教的沉重盔甲，换上日常便

词的出现打破了以往儒家诗教的传统

《尚书蔡传》

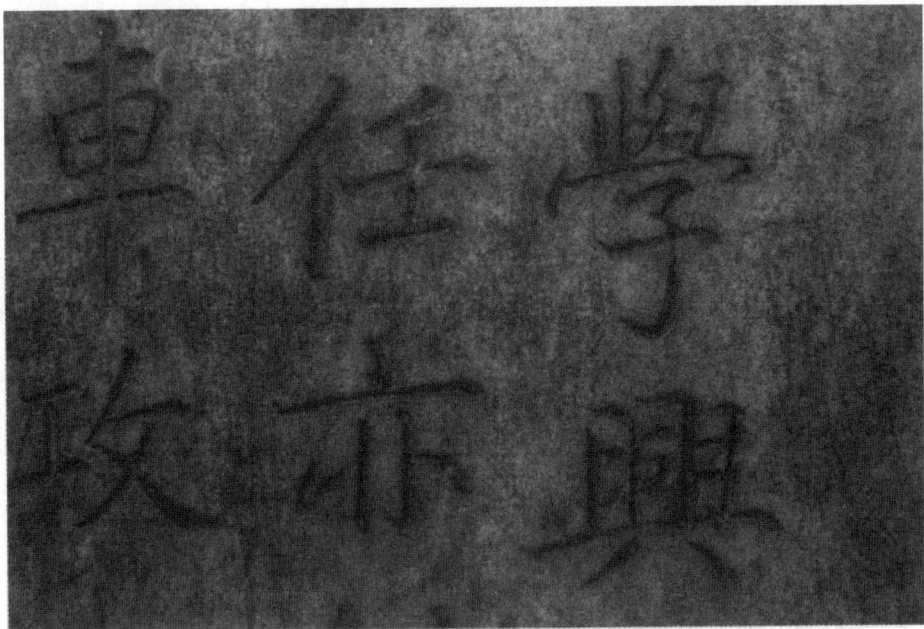

"缘情而绮靡"的诗歌创作主张不可能在正统的诗教中得到实现

装，释放被禁锢的灵魂，已经成为唐代文人们自觉的追求。就这样，在唐代比较发达而活跃的社会氛围下，词产生了，而且只能首先在民间产生。

中唐文人词。中唐前后，民间词的广泛流传吸引了一部分比较接近人民的诗人，词很快在文人中得到重视。被传为《菩萨蛮》和《忆秦娥》的作者李白以及中唐许多作家如张志和、刘长卿、韦应物、刘禹锡、白居易等人都开始用长短句填词，创作了许多作品。这就是词学家们津津乐道的"中唐文人词"。文人词的创作便由隋到初唐的偶发状态发展到中唐时的自觉状态。中唐文人词的题材也比较广泛，是按曲调来填词的，词体尚未定型，还较多地以写诗的手法写词。

晚唐五代词。词的成熟，是晚唐五代时的事。从晚唐至五代，词在艺术形式和思想内容两个方面都取得了长足的发展。形式上日趋成熟，题材上也几乎成了"缘情"的代名词。翻开《全唐五代词》二、四、五、六卷，就可以清晰地看到这一变迁过程。在中晚唐之际词体才确定成立，"依曲拍为句""由乐以定词""因声度词"，已成为词的自觉而稳定的创作方式，词的长短句的形体特征以及篇制、声韵、格律等形式规则也都日益固定下来。同时，也是在晚唐五代时期，出现了以词创作为职业，并且奠定了词的独立文体地位，形成词的第一次发展高峰。文学作品的主流思想常常是一个时代文人精神世界的折射，晚唐五代的社会环境恰是促成"缘情"主题的"花间"词兴盛的温床。在唐代三百多年里，李姓帝王没有倡导独尊儒术，文人的思想始终比较自由，亲近佛、老思想的文人才士，尽情地抒写情怀。到了晚唐，这个封建社会的鼎盛王朝留给人们的只有烽

全唐五代词

豪放词派

烟四起的现实和极度空虚的精神世界，文人们普遍感受到了对于人生和时代的深切的绝望感与孤独感。而五代是小国割据的乱离之世，这时的文人词正处于渐趋成熟的转变阶段，其中也不乏佳作。这里不能不提到久负盛名的花间词和南唐词。

　　所谓花间词，因五代时赵崇祚编辑的《花间集》而得名。录词有500余首，主要是供士大夫宴会间演唱的，故名《花间集》。不管内容如何，单看艺术水平，已经达到相当高的程度。在现存唐五代1100多首词中，花间词人的作品就占了500首，

《温庭筠诗集笺注》

可见花间词派影响之大。它也是现存最早的文人词总集。花间词派以晚唐温庭筠为首，西蜀词人为主。其作品多是文人学士酒边樽前的小唱，内容多闺情离愁，反映面不广，没有什么深意可言，然而其柔婉精微之特质，却足以唤起人心中的某一种幽约深婉的情意。遍检《花间集》，基本上可以得出唐五代词的咏物之作都是纯粹咏物而无寄托的结论。我们知道，唐五代词是在与南朝特别是宫体诗相似的社会环境中产生的，因此也具有了与宫体诗相似的唯情唯美的倾向；另外，由于新的音乐形式燕乐的制约，这种唯情唯美的倾向得到进一步的发扬光大，从而形成

豪放词派

了唐五代词以动荡为美、以柔弱为美的总体风格。但作为艳词，它对宋词产生了很大影响。作为花间词派鼻祖的温庭筠，是致力于填词的第一人。他善写闺情，内容与南朝宫体相似；艺术上多用曲折的笔调、华丽的辞藻，精雕细琢，自有独到之处。他曾以当时流行的《菩萨蛮》曲调，填了14首歌词，抒写艳情闲愁，可谓是典型的艳词，他因此而被看作是艳词代表作家。另一著名的花间派词人韦庄，内容除写闺情外，还抒写个人的乡愁旅思，手法则以白描见长，语言明白，音节响亮。和《花间集》同时的南唐，也涌现了一批优秀的词作家。最著名的是李煜、冯延巳和李璟。他们不仅可以和《花间集》抗衡，甚至到李煜北掳以后，所写的词感慨极深，并以白描取胜，艺术造诣很高，极富个性，成就远远超过了《花间集》，直到现在，仍令我们觉得高不可及。因此，今天提到南唐词，主要即指冯延巳、李璟、李煜三人的作品。南唐地处江南，三人又都集中在当时南唐的首都金陵，成为文学史家所称的南唐词人。

唐五代词虽然是文人创制、文字与音

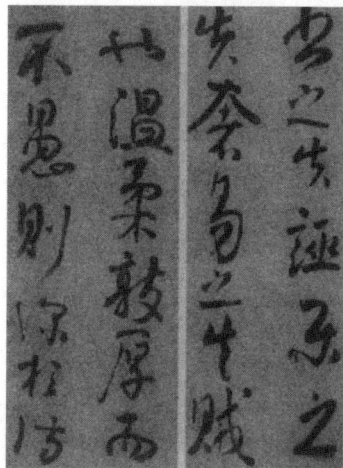

李煜墨迹

乐完美结合的"诗客曲子词"，但是从《花间集》收录的作品不难看出花间词师心造化、自铸妍丽、略少书卷气的特点。可见，以《花间集》为代表的晚唐五代词，摆脱了儒家重功利文艺观的束缚，重视文学的审美娱乐功能，发展了文学创作中重视官能享受的功用。而中国传统诗教中的讽喻精神、歌功颂德的传统丧失殆尽，所以晚唐五代词作尽美而未能尽善。

北宋词

晚唐五代以来，词体文学这一新兴的文学样式便以长短句的形式、相思别恋的内容、柔婉妩媚的格调作为正统被规范成型，占据了词坛的主导地位。宋人的词体观念基本上继承了这一传统。可以说，词发展到宋代，出现了百花争妍、千峰竞秀的盛况，可谓异军突起，华彩纷呈，具有强烈的艺术魅力。当然，宋词的辉煌发展是有着它本身特定的历史背景和社会条件的。北宋王朝结束了五代十国分裂的局面，全国统一，社会生产力得到恢复和发展，特别是雕板和活字板印刷术的使用，对文化传播更是有着直接的影响。而且，都城汴京本是五代时的旧都，曲子词在那时就已甚为流行。宋初，这种新起的曲

南唐后主李煜画像

豪放词派

范仲淹画像
欧阳修雕像

子和词不仅盛行于民间，连文人学士、达官贵人甚至帝王都深好此道，宋太宗本人不仅爱听，而且还自制新词。宋词就是在这种特定的社会条件下不断发展而成的。

北宋之初，词坛传承五代之风，词作多以小令为主。尤其是晏殊、晏几道、欧阳修，他们的小令继承了花间派婉丽、南唐词疏朗的词风，晏殊、欧阳修还被时人并称为"晏欧"。但情志兼容、婉豪共济是词体发展的必然要求，所以从宋初开始就不断有人从各自的生活经历出发，写出有别于"花间"风气的词作。如李煜的故国哀思，范仲淹写塞上风光。这在一定程度上对多数人所拘守的狭窄范围有所突破，并取得了一定的成绩。但终是乌云密布的夜空中的几颗小星，只是随风飘闪显露一时而已，未有多大影响。其间，有一颗新星正在耀人眼目。他，就是开创慢词的柳永。柳永受民间词的影响而又能吸收前代诗歌的精华，制作了许多篇幅较长又谐合音律的"新词"，其内容比较多样：有描写帝都壮丽、城市繁华的，有抒写羁旅行役和自然景物的，还有描写歌伎生活以及他与歌伎之间情意的。他的词善用铺叙手法，语言通俗流畅，深受市民大众的欢迎，不仅继承了敦煌曲子"俗"的一面，

欧阳修墨迹

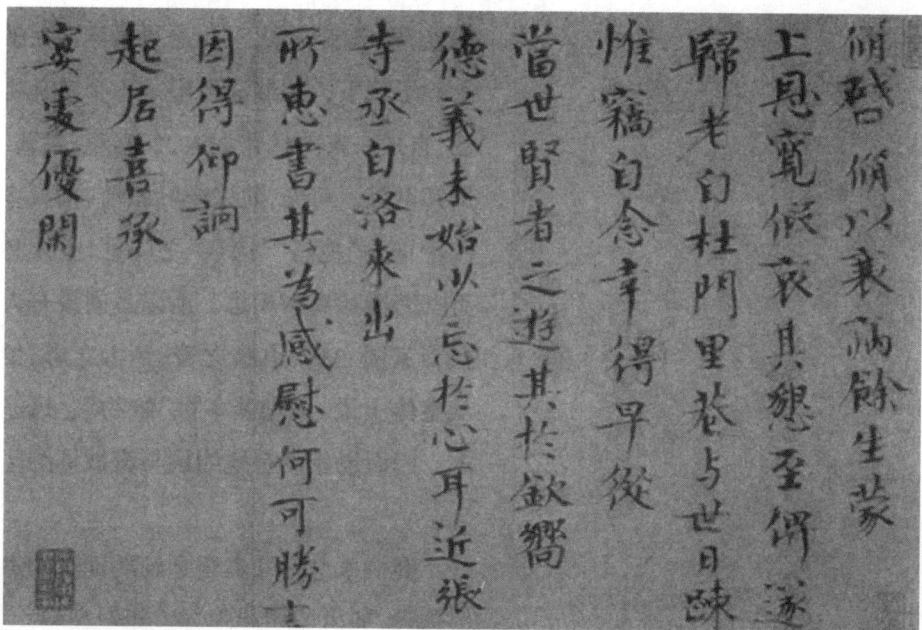

柳永纪念馆

也接受了花间词特别是韦庄词以"情"见长的一面。正因为如此，柳词受到了最为广泛和无以复加的社会好感，曾有这样的记载："凡有井水饮处，即能歌柳词。"(《避暑录话》)在柳永的影响下，相继涌现出了不少各具特色、自成一家的优秀词人，如秦观、贺铸、周邦彦等。可见，北宋中叶以前，词人多囿于词为"艳科""诗余"之成见，主要写男女恋情和离别相思。所以虽间或有人抒写家国之痛、边塞之苦、怀古之思，但从整体上说，词坛基本被"婉约"之风笼罩，因而也就没有婉约词与豪放词的区分。

继柳永之后的秦观是婉约词派的杰出代

宋代著名词人秦观塑像

表。他生长在北宋词坛新旧交替、大词家纷纷出现的时代，这就使他有可能充分博取各家之长，形成自己独特的风格。比秦观稍后的周邦彦是北宋婉约派中"集大成"的词人，他的词典丽雅正，在令人眼花缭乱的词坛上，提供了一个规范化的标准，在词史上有深远的影响。由于出身、经历、历史条件的限制，周词多描写个人失意的哀愁、羁旅行役的愁苦等，他笔触委婉，描写细腻，如《兰陵王柳》，托柳起兴，抒发雨中送客的羁旅愁情，精美锤炼的语言，抑扬往复的音节，使全词显出一种典雅、含蓄、丰润的气派。周邦彦的最大贡献在于艺术技巧和形式格律方面，他最

周邦彦塑像

词之起源——千年学案

终完成了文人词的格律化。

在苏轼的词风没有取得广大读者拥护之前，整个北宋词坛几乎全为柳永所笼罩，但是苏轼的出现改变了这一状况。北宋中后期，苏轼以诗为词，把诗家的"言志"和词人的"缘情"结合起来，公然与当时风靡词坛的柳词抗衡，坚持词"自是一家"的独特面目，开辟了用词来全力表现作家主观性情的新格局。苏轼是北宋词坛最大的革新者，他的理论和大胆实践，如一块巨石投入平静的湖面，一石激起千层浪，使整个词坛重整格局，豪放词异军突起，纵横捭阖，豪气冲天。正是苏轼在一定程度上恢复和发展了民间词的传

眉山三苏祠

豪放词派

苏轼雕像

眉山三苏祠一角

赤壁遗址

统，使词不再浅吟低唱，拓宽了词的表现范围，扩展了词的境界，改革了词风，提升了词境，具有划时代的意义。如果说柳永尚跳不出"艳科"的范围，那么，苏轼无论从内容到风格，都有破旧拓新之功。苏词的代表作《念奴娇赤壁怀古》："大江东去，浪淘尽，千古风流人物……乱石穿空，惊涛拍岸，卷起千堆雪。"大江东去，浩浩荡荡，气魄恢弘，豪迈奔放，成为中国文学史上至为灿烂的篇章。他那广阔的创作视野、丰富的想象力和天马行空的语言能力，使他的词作别具一格，为宋词发展开辟了广阔的道路。虽然苏词的成就是巨大的，但在北宋词坛，很多人却仍是以受柳词影响较大的秦观词为"当行本色"，而以苏词为"别派"，苏词的诗化道路并未得到响应。靖康之变，国破家亡，词人们的繁华梦破，词风也为之陡然一变，苏轼词终于受到了称许。很多文人雅士都认为苏词逸怀浩气，超然乎尘垢之外，使天下人耳目一新。不能不提的是，北宋后期，词的发展出现了学柳永而过于俗化，学苏轼则过于诗化的倾向。于是体现传统婉约词创作主流的"本色"理论——李清照的《词论》应运而生。《词论》的核心观点是词"别是

一家"说，其基本内涵是词应合律而歌，强调词与音乐的关系。

南宋词

词发展到南宋，进一步突破了"词为艳科""以婉约为正宗"的局限，豪放词占主流，逐渐走向顶峰，婉约词继续发展步入高峰，随着南宋的灭亡，豪放词与婉约词相继步入衰落，走向末流。南宋初期，李清照继承婉约词风，她的词以南渡为界分为两期，前期词情调以热情、明快为主，委婉含蓄；后期由于生活经历的坎坷，词多写对国事的忧思和生活流落的痛苦，她的词可以说是用血泪凝成，风格凄怨。如《声声慢》，通篇是愁，"寻

李清照画像

豪放词派

李清照故居

寻觅觅，冷冷清清，凄凄惨惨戚戚"十四个
迭字造成如泣如诉哽咽难言的音韵效果，堪
称千古绝唱。由于她的生活经历艰难曲折，
加之对艺术的力求专精，词的成就超过秦观，
婉约词至此达到顶峰，此后逐渐走向衰落。

　　与此同时，由于金兵的入侵，半壁河山
处于风雨飘摇之中，统治阶级内部的主和与
主战之争日益激烈。正是在这样一个外有强
敌、内有国贼的灾难深重的时代，孕育了一
大批爱国词人，他们把积压在胸中的满腔悲
愤，通过词的创作倾泻出来，壮怀激烈，慷
慨悲歌。张孝祥、张元干是南宋初期词坛的

辛弃疾纪念馆

双杰，他们以激昂悲壮的情调，抒发了爱国激情、忠义之愤，但他们在艺术技巧上不甚讲究，词作没有达到苏词的高度。可以说他们是上承苏轼下启辛弃疾的词作家，为辛弃疾的爱国豪放词派的形成起了先驱作用。豪放词至辛弃疾达到了艺术上的高峰。

辛弃疾是南宋著名的爱国志士，一生都为收复失地、统一中国进行着不懈的斗争。由于主和派的打击，他一生基本上是在不被知遇、无所作为的环境中度过。所以他的词多是抒发忠肝义胆与困龙之哀，意境雄奇阔大，风格慷慨悲壮。如《京口北固亭怀古》抚时感事，笔

豪放词派

势纵横，气概雄伟，感情悲愤，缅怀神州的深厚感情和驱敌复国的雄心壮志赋予这首词不可抗拒的艺术魅力。辛词较苏词深刻，将豪放词推向更高的境界。辛弃疾在南宋词坛上是一面爱国主义的光辉旗帜，在他的旗帜下，形成了一批以爱国热情为主题，风格悲壮豪放的辛派词人，如陈亮、刘过、陆游等。

但发展到南宋后期，由于国势日衰，许多词人深感救国无望，情绪低沉，思想消极，使豪放词低弱下去。以姜夔为代表的格律词派继承周邦彦的传统而又有新的变化，姜词音律之讲究，辞句之精美，在宋词中是很杰出的。他善于借各种事物，以清劲的笔势、含蓄深远的表现手法创造清幽隽永的意境，

陆游作品《钗头凤》

来寄托他寂寞的心情，与柳永、周邦彦那种轻靡浮艳的风格不同。但由于他过分地追求艺术的美，刻意求工，雕琢堆砌，内容反而比较单薄。姜夔以后的词人专门摹仿姜词，更是不自觉地发挥姜词的弱点，内容比姜词更为单薄，词又走上创作的狭窄道路，婉约词至此衰落了。

南宋人已明确地把苏轼、辛弃疾作为豪放派的代表，以后遂相沿用。从词的兴起到北宋末年，也可以说，全部词中较好的那一半，产生在这一时期。以后的南宋时期，尽管派别滋生，作者增加，但就总的质量而论，已不如南宋以前的作品。

总而言之，词体的成熟经历了一个漫长曲折的历史过程。事实证明，词体同其他文体一样，应该而且能够自由地反映深广的社会生活，既可"缘情"亦可"言志"，既可婉约亦可豪放。海纳百川，有容乃大，这是词体内涵自我实现的本能要求。纵观宋词风格的发展过程，婉约与豪放是并驾齐驱的两大基本派别。北宋以婉约词为主流；北宋后期豪放词异军突起，与婉约词并容；南宋则以豪放词为主流；一直到南宋末，豪放词与婉约词相继走向末流。

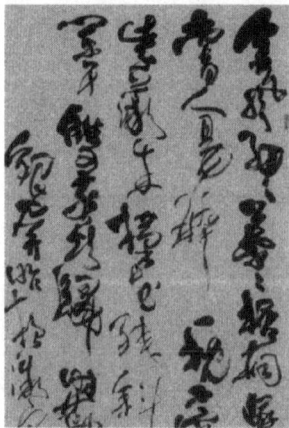

晏殊书法

二 异军突起豪放派

大凡事物，发展到较完备的阶段，就会有风格流派之分。关于词的风格，历来词论家就有"婉约"与"豪放"之分，其中许多人把婉约视为词的"正宗"，而把豪放词看作词的"别调"。但我们认为，词调的音乐风格有豪放与婉约之别，词的题材内容有豪放与婉约之别，词人的性情、襟怀、际遇等也有豪放与婉约之别，词的文本的风格有豪放与婉约之别也是天经地义。所以，就像口味无可争辩一样，不能以优劣论豪婉，二者具有同等的审美价值。

"豪放"一词原来是用来形容人的性格，有气魄而无所约束。唐代司空图开始用它来形容诗歌的风格，在他的《诗品》中，就把"豪放"作为二十四诗品之一。至明代张綖才用来表现词的风格流派。豪放，原本有"豪"和"放"两重含义。带有"豪"意的豪迈、雄壮、磅礴、恢弘等特点和带有"放"意的横放、奔放、疏狂、超旷等特点都可以归入"豪放"。但是，明代词评家以"豪放"来评词，一开始就专指那些恢弘刚健、豪迈磅礴之词。因此，"豪放"作为一种词风，只有其本义中"豪"的一面，失去了"放"的一面，这种变化延续至今。综合各位大家的观点，我

眉山三苏祠一景

眉山三苏祠一景

们认为，豪放派词作题材广阔。它不仅描写花前月下，男欢女爱，而且摄取军情国事等重大题材入词，使词像诗文一样反映生活，所谓"无意不可入，无事不可言也"（刘熙载《艺概·词曲概》卷四），境界宏大，气势磅礴、不拘格律、徜徉恣意、崇尚直率。凡注重反映社会、强调抒怀言志、词风偏于阳刚的词人，皆可入"豪放派"。

宋词在唐五代词的基础上发展，一直以婉约为主流，北宋中后期，豪放词异军突起。

（一）豪放词的形成

宋初词人虽然论词以"花间"为宗，

作词以"花间"为准，仍然延续着五代深婉美艳的词风。但是，情志兼容、婉豪共济是词体发展的必然要求。词体想要承担起文学应有的社会功能，充分实现其自身的价值，就必须对这种状况进行改革，发掘它被掩埋的另一半潜能，展现它的另一面美好。所以从宋初开始就不断有人从各自的生活经历出发，写出有别于"花间"风气的词作，其中有三个值得注意的开拓型词家。第一个是一代名臣范仲淹。范仲淹驻防边陲，留下了抒写边塞秋思羁旅情怀的三首名作《渔家傲》《苏幕遮》和《御街行》，将思乡之切、报国之殷熔铸一炉。第二个是"奉旨填词"的柳永。柳永把词从文人士大夫手中

范仲淹陵园一景

豪放词派

拉回民间市井，将"才子佳人"式的"平等"
爱情观借词来展现。第三个就是王安石。王安
石作为杰出的政治改革家、诗文大家，词作虽
不多，但意境开阔，格调高昂，感慨深沉，洗
却五代旧词风。他的代表作《桂枝香金陵怀古》
把怀古与讽今、历史教训与现实变革相结合，
立意高远，思想深刻，风格刚健。不仅如此，
即使是最具女性美的秦观在表现其主体性情
时也并非始终婉约细腻，即使是女词人李清照
也有豪迈情怀。可以说，只要文人继续参与词
体的创作，继续表现士大夫多方面的怀抱，就
必然会产生豪放词。这一切可谓是开豪放词之
先河，但是由于作家及作品的数量不多，或才

柳永纪念馆左侧的巨型石雕像，名为
《柳永与歌女》

力有限，更不是自觉的追求，所以没能在词坛上建立起影响深广的流派。不过现实已经表明，晚唐五代以来那种红艳艳、软绵绵的词体已无法承受现实世界的雨雪风霜。

（二）豪放词的发展

细梳豪放词发展的艰辛历程，还是要从敦煌民间词开始。在词的发展历程中，豪放词时而如小溪潺潺，时而如大河流水，时急时缓，时宽时窄，伴着婉约柔媚的杏花疏影，迢迢而来，刚健之音不绝，慢慢从稚嫩走向茁壮，蓄势待发。直到北宋中叶，引吭高歌的重任落在了苏轼的身上。苏轼在词体演变的必然要求、时代感召、词体革新先行者的示范作用等因素的共同推动下，从社会政治、国家形势和现实人生的需求出发为词把脉，并以其卓异的天才、广阔的视野、旷达的性格、奔放的热情、精博的学识和对自然人世的深沉情感，挥洒那支波澜横生的大笔，创作了雄浑跌宕、激昂顿挫的新词章，使豪放词在以婉约词为主流的北宋词坛上大放异彩，大大扩展了词的领域，丰富了词的表现手法，把词提高到正统文学的地位上来。自此以后，豪放词洪波涌起，一路波澜壮阔，滔滔向前，词坛也由原来的一峰独秀变成双峰对峙、群山环抱。

豪放词发展历程十分艰辛

异军突起豪放派

豪放词到南宋，面对国破家亡、民族生死存亡之秋，已不再是那种浅吟低唱、轻歌曼舞的作品，而是一种武器。爱国者用它来抒写对国事的忧情和英雄无用武之地的悲慨，一时间出现了大量的"壮词"，词风一般都激昂悲壮、豪迈奔放，从而形成一种豪放风格，形成一个流派。至此，豪放词成为南宋时期的主要文学形式而得到社会的公认和词家的重视，不仅有作家群，且还有了领军人物——辛弃疾。豪放词风从兴起到发展直至形成一个文学流派，其间经历了漫长的过程。可见，任何一个时代的文学，任何一个文学流派，都要继承和发展前人的优良传统，豪放派也如此。范仲淹和王安石等人虽有豪放风格的词作，但仅仅是一个先导而已。苏轼以诗入词，词中无所不包，无所不言，扭转了百余年来的词坛颓风，大大地开拓了词的意境和表现方法，把豪放词推向了一个新的里程，最后又由辛弃疾将豪放词推向极致。也曾有人将豪放派的形成与发展大致分为四个阶段：

范仲淹写《渔家傲·塞下秋来风景异》，发豪放词之先声，可称预备阶段。

苏轼作品《祭黄几道文》

异军突起豪放派

苏轼大力提倡写"壮词",与柳永、曹元宠分庭抗礼,豪放派由此进入第二阶段,即奠基阶段。

苏轼之后,经贺铸中传,加上靖康事变的引发,豪放词派获得迅猛发展,集为大成,可称为第三阶段,即顶峰阶段。这一时期除却产生了豪放词领袖辛弃疾外,还有陈与义、叶梦得、朱敦儒、张元干、张孝祥、陆游、陈亮、刘过等一大批杰出的词人。他们以爱国忧民的壮词宏声组成雄阔的阵容,统治了整个词坛。

第四阶段为延续阶段,代表词人有刘克庄、戴复古、刘辰翁等。他们继承辛弃疾的

"三苏"塑像

豪放词派

豪放词风从兴起到发展直至形成一个文学流派，其间经历了漫长的过程

词风，赋词依然雄豪，但由于南宋国事衰微，恢复无望，豪放派的词作便呈现悲观灰暗之气象。

　　豪放词风从兴起到发展直至形成一个文学流派，其间经历了漫长的过程。纵观宋词风格的发展过程，豪放与婉约是并驾齐驱的两大基本派别。北宋以婉约词为主流，北宋后期豪放词异军突起，与婉约词并容，南宋则以豪放词为主流，一直到南宋末豪

宋代三百多年的风云变幻为宋词的创作提供
了广阔的背景和丰富的题材

放与婉约词相继走向末流。总之，适应不同的
内容表现不同的风格，情至笔纵，运用自如，
是宋代杰出词家的共同点。"国家不幸诗家幸"，
宋代社会三百多年的风云变幻为宋词的创作提
供了广阔的背景和丰富的题材，孕育了一大批
杰出的词作家。宋词成为古代文苑中的一株奇
葩，是中国古代文化领域里最宝贵的遗产。豪
放与婉约这两大分庭抗礼的巨流波澜衍漾，滚
滚向前，对后世文学产生了深远的影响。

豪放词派

三 豪放派的创作特色

宋词婉约、豪放两个风格流派的发展使词坛呈现出双峰竞秀、万木争荣的气象

宋词中婉约、豪放两种风格流派的灿烂存在，使词坛呈现双峰竞秀、万木争荣的气象。了解把握各个流派的创作特色，将有助于我们的鉴赏和艺术借鉴。整体来说，豪放派具有"阳刚之美"。具体说来，豪放派表现出如下创作特色：

（一）题材广泛："无意不可入，无事不可言"

豪放派词主要是反映广阔的社会和人生。豪放派除了写个人的感受之外，主要摄取重大题材入词，使词能像诗文一样地反映生活。有怀古咏史，有谈禅说理；有感时伤事，有身世友情；有国家政治，有个人牢骚；有战场风云，有田园风光。总之，大至国家盛衰、时政得失，小至个人理想抱负，日常感受，举凡目见耳闻，身心所感，无不可以词来表现。从感叹社会人生的"大江东去"（苏轼《念奴娇》），到状写美景佳人的"东风夜放花千树"（辛弃疾《青玉案》），各种题材都可入词，达到了"无意不可入，无事不可言"的境地。由于题材多样，内容丰富，词的主题也就从表现个人感受而扩展到反映社会风云、追求人生真谛等广阔的层面上。

（二）意境创造：深远宏阔

豪放派词或雄浑浩大，或壮阔豪迈，或苍茫旷远，或沉雄悲壮，或空灵飘逸，整体说来意境深远、宏阔，因而在情调上显得高亢、雄浑，只能是"关西大汉"慷慨高歌般放声大唱。诵读豪放词仿佛昂首高歌，"大江东去"，大气包举，苍茫浩翰，令人激情迸发，壮志凌云。例如豪放派的开创者苏轼的豪放词代表作《念奴娇》（大江东去），境界亦如大江般壮阔豪迈，读之使人胸襟开阔，思绪翻飞，仿佛置身长江岸边，目送浪涛翻卷，滚滚东去；回

豪放派词雄浑浩大，意境深远

豪放派的创作特色

首往昔，历史的风云在胸中激荡，情不自禁高唱一曲山河颂，一曲英雄赞。再如辛弃疾的《破阵子·为陈同甫赋壮词以寄之》一词，虽然是抒发壮志未酬的悲愤"可怜白发生"，却用峭拔的笔力描写戎马生涯"沙场秋点兵"，"醉里挑灯看剑，梦回吹角连营"。并抒发建功立业的雄心壮志，"了却君王天下事，赢得生前身后名"。境界恢宏高远，情调激昂高亢，虽然有悲，但悲而不哀，仍给人以奋发之感。再如南宋名将岳飞那首千古传诵的《满江红》（怒发冲冠），更是意境沉雄悲壮的代表。

（三）表现手法：以诗为词

"以诗为词"，即以词作为抒情达意的诗歌样式，使词由音乐本位转变为文学本位。"以诗为词"是豪放派的代表人物苏轼的自觉选择，也是词体发展的必然趋势。苏轼极力把宋代诗文革新运动扩展到词的领域，打破了诗词原有的界限，把艺术的笔触伸向广阔的现实生活和个人极具丰富的内心世界，开拓了词的题材，拓展了词的意境，丰富了词的语言，增添了词的表现手法，使词摆脱了游离于主流文化之外，作为乐曲的歌词而

岳飞塑像

豪放词派

人生如梦

存在的地位，并成为独立的抒情文体。可见，"以诗为词"无论从题材内容还是到表现形式，都是对词的重要发展和革新。豪放派词不仅用白描、铺叙，而且把在诗歌创作中常用的比兴、用典以及议论手法广泛地运用到词的创作中来，并把议论的手法成功地引到词中，极大地丰富了词的表现手法。如《念奴娇》中，"人生如梦，一樽还酹江月"，《水调歌头·明月几时有》中，"不应有恨，何事长向别时圆？人有悲欢离合，月有阴晴圆缺，此事古难全"等都是议论性的。另外，从描写景物来看，豪放词多描写千古江山、萧萧易水、塞外沙场、星汉神州，气象峥嵘、

金戈铁马，气势如虹

境界恢弘，给人以气势磅礴之感。因而豪放词往往从大处落笔，驰骋跌宕，粗线条勾勒。从表达词意来看，豪放派更是慷慨磊落、纵横豪爽，如张孝祥的《六州歌头》，"时易失，心徒壮，岁将零"。给读者以明白、畅快之感。从语言运用的角度说，豪放词语言清新质朴，自然畅朗。如"浪淘尽千古风流人物""肝胆皆冰雪""仰天长啸，壮怀激烈""金戈铁马，气吞万里如虎"等。从表达方式上来说，豪放派更多的是直叙其事，直抒其情。苏轼的第一首豪放词《江城子·密州出猎》直接叙写出猎情景和报国壮志。其豪放词代表作《念奴娇·赤壁怀古》更是融叙事、写景、议论、抒情于一体。

（四）抒情方式：一气贯注

从抒情风格来说，豪放派多采用酣畅淋漓、直抒胸臆的笔调，一气贯注，淋漓尽意，把豪爽、旷达、高洁、忠贞之情和盘托出，事中见理，情理合一。虽不及婉约派那样能让人细细品味，但一读词就使人激动不已。最典型的是苏轼的《念奴娇赤壁怀古》。词以江水起兴，全词恰如奔腾澎湃、滔滔东注之长江，感情一泻直下，把由怀古引起的壮志难酬的悲愤，抒发得淋漓尽致。另外，和婉约词多以景写情不同，豪放词则多通过历史典故或今事来抒发感情。苏轼的《念奴娇》自不必说，辛弃疾的《永遇乐·京口北固亭怀古》则连用孙权抗曹、刘裕北伐、刘义隆草率北征败北、廉颇垂老犹思报国等历史典故和边民民族感情逐渐淡漠，四十三年前扬州路上的烽火等今事来抒写对南宋王朝妥协投降的愤慨和壮志难酬的悲哀。于事中见理，达到了情和理的高度统一。尽管如此，辛

大江奔涌东去

豪放派的创作特色

豪放词派词人在礼赞壮丽山河和古代英雄的同时也流露出壮志难酬的悲哀

弃疾依然隐忍着困龙之哀，在重压之下保持着豪迈奔放的风格。

（五）情感内涵：奔放豪迈

从表达的感情说，与细腻的婉约词相比，豪放词则多慷慨激昂、奔放豪迈。题材内容对所表达的内容的制约和影响是不言而喻的。豪放词则多抒发志士忧国的感喟，英雄失路的悲愤，吊古伤今的情怀，如苏轼的《念奴娇·赤壁怀古》，在礼赞壮丽山河和古代英雄中寄托着壮志难酬的悲哀，辛弃疾《永遇乐·京口北固亭怀古》则借孙权、刘裕等古代人物鞭挞南宋政权妥协投降政策，借以告诫当权者要以史为鉴，谨慎从事，又以廉颇自喻，表达报国无门的哀

怨。全词既有豪迈威武的英雄形象，又充满慷慨悲壮之气，是有名的豪放词作。而陈亮的《念奴娇·登多景楼》简直是以词写的一篇战争形势论文。这些作品，虽然所抒之情有别，但无不大气磅礴，奔放豪迈。

从音律的角度说

婉约词多严守格律之限制，不敢越雷池半步。豪放词则以达意为主，常常突破格律之束缚。豪放派的代表词人苏轼，就时有冲破格律的束缚之举。为此李清照批评苏词"皆句读不葺之诗尔，又往往不协音律者"，这也正道出了豪放词的一大特点。同时，豪放词音调比较高亢、昂扬，节奏较为急促，在音韵上有铿锵之美。

豪放派的创作特色

四　苏轼之奔放旷达

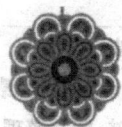

苏轼塑像

豪放派代表作家，首推苏轼。苏轼"以诗为词"，情性之外不知有文字，以其超尘脱俗的人格境界，高风绝尘、超迈豪横的审美韵致，开创了以超旷为主导风格的多样词风。苏轼胸有块垒，大气如虹，多写气象阔大高远的江河、长空、明月等，意象澄澈空明，超凡脱俗。可以说超旷是苏轼最重要的词风。但苏轼的超旷绝非脱离现实，也并非隐士的归隐避世，而是对世俗牵累、对外物羁绊的内在超越和对理想人格、精神自由的追求。他始终立足现实，"对生活保持着诗意的感受"，用他的生花妙笔，自由地抒写性情怀抱。下面，我们就通过几首词走近苏轼的高情逸

致，走近豪放词那豪迈奔放的世界。

（一）百吟不厌的《念奴娇·赤壁怀古》

念奴娇·赤壁怀古

大江东去，浪淘尽，千古风流人物。故垒西边，人道是，三国周郎赤壁。乱石穿空，惊涛拍岸，卷起千堆雪，江山如画，一时多少豪杰！

遥想公瑾当年，小乔初嫁了，雄姿英发。羽扇纶巾，谈笑间，樯橹灰飞烟灭。故国神游，多情应笑我，早生华发。人生如梦，一樽还酹江月。

《念奴娇·赤壁怀古》是一首久负盛名的

《念奴娇·赤壁怀古》

作品，历来被认为是豪放词的代表作，被誉为"千古绝唱"，甚至"大江东去"成为豪放词的代名词。其作者苏轼是后世公认的"豪放词派"掌门人，后人称赞他的词：非关西大汉手持铁板，大唱"大江东去"，不能尽兴矣。那么，这是一首什么样的词呢？

这首词作于苏轼贬谪黄州之时。"念奴娇"是词牌，"赤壁怀古"是词题。它写于宋神宗元封五年(1082年)七月。当时由于苏轼用诗文讽喻新法，维新派官僚罗织罪状，将苏轼贬至黄州，这首词是他游览黄州城外的赤鼻矶时写下的。词分上下两片。上片咏赤壁，着重写景，即景抒怀，引起对古代英雄人物的怀念。下片怀周瑜，着重写人，借对周瑜的仰慕，抒发自己功业无成的感慨。可见，苏轼以"赤壁怀古"为题，借凭吊古代英雄人物，抒发自己的感慨。

上片以大江滚滚东去，淘尽千古人物总领全篇，着重描写雄伟壮丽的景色。作者始终把江山和英雄联系在一起。起句"大江东去，浪淘尽，千古风流人物"既是写眼前的长江，又是指历史的长河，既是写景，又是抒情，妙语双关，富于哲理。作者言下之意是：江山依旧，人事已非，时间的流逝是多么无情啊！起句即导入主题，气势雄浑，出语惊人，不同凡响，但却难以掩

赤壁遗址

苏轼之奔放旷达

盖悲凉的色彩，语句用意波澜壮阔，气势雄伟。表现出作者的眼界开阔，性格豪放、达观。"故垒西边，人道是，三国周郎赤壁"。故垒，古战场军营工事的遗迹。西边，长江流经黄州城外时折向南流，故赤鼻矶在西边。人道是，人们说这里是（当年古战场的地址），众说纷纭，苏轼不过姑且借景怀古抒感而已。周郎，指周瑜。周瑜为中郎将时年仅34岁，吴中呼为周郎，后人沿袭这个称呼。赤壁因周郎而著名，故称"周郎赤壁"。这句是说：西边古战场的遗迹，人们说是三国时周郎大破曹军时的赤壁。这是点题，也是承上启下。笔锋由与大江有关的"千古风流人物"之"面"，

周瑜塑像

转到"三国周郎赤壁"之"点"。意即"大江"不能尽述，只说三国；"风流人物"不能尽评，只谈周郎。足见用笔之开合，结构之精妙，构思之严密。"乱石穿空，惊涛拍岸，卷起千堆雪"。乱石穿空，即陡峭不平、犀利如剑的石壁插入天空。惊涛拍岸，使人惊骇恐惧的巨浪，时起时伏，拍打着江岸。雪，比喻浪花。这句是说：杂乱陡峭的石壁高插天空，触目惊心的巨浪拍打着江岸，此起彼伏，掀起千层波浪，耀眼如雪。"穿空"，写赤壁之高，突出其形；"拍岸"写江水之猛，突出其声；"千堆雪"形容浪花之白。三个分句并用，有绘形、绘声、

石壁林立

苏轼之奔放旷达

绘色之妙。这里极力铺写赤壁古战场的环境，从而可以使人想到当年赤壁之战的险恶。阅读此词，既可以看到大江的汹涌澎湃，又能使人想到风流人物的非凡气概，更可体味到作者兀立江岸，凭吊胜地所诱发的激荡的心潮。

下片描写青年名将周瑜的功业和风采，抒发自己事业无成而早生白发的感慨。作者在历史事实的基础上，挑选足以表现人物个性的素材经过艺术提炼和加工，从几个方面把人物刻画得栩栩如生。"遥想公瑾当年，小乔初嫁了"，周瑜是当时孙、刘联军的统帅，

赤壁古战场

豪放词派

年纪尚轻，才 34 岁。小乔，吴国乔公的次女，周瑜之妻，小乔嫁给周瑜已经是多年的事情了，作者说"初嫁"，是为了表现周瑜年轻有为。这句是说：回想那遥远的往事，当年孙、刘联军统帅周瑜，与小乔正是新婚之际，相貌英俊，才貌出众，气宇非凡。在众多英雄人物中，作者特别突出周瑜是大有原因的。因为孙、刘联盟是赤壁之战取胜的关键，而周瑜的支持，促使孙权最后下决心与刘备联盟抗曹，而且周瑜拥有较诸葛亮强大得多的实力，在赤壁之战中起决定的作用。"羽扇纶巾，谈笑间，樯橹灰飞烟灭"。羽扇纶巾，当时的一种服饰，手摇羽扇，头戴青丝锦的头巾，显然是一副儒将的风度。谈笑间，形容指挥从容不迫。樯橹，以樯橹代船舰；一作"强虏"或"狂虏"，是从周瑜的立场说曹操和他的军队。灰飞烟灭，指曹操的船舰被周瑜部将黄盖纵火烧毁。这句是说：周瑜手执羽扇，头着纶巾，态度闲雅，从容镇定，言谈笑语之间，就使声势浩大的曹军船舰化为灰烬。作者在这里从年龄、装束、仪表、才能、战绩等方面全面赞颂周瑜，塑造了一个英雄人物的形象。作者赞美这次战争，是赞美周瑜指挥从容，立歼强敌的才能，赞美周瑜所建立的不朽功业，表达自己渴望建功立业的政治抱负。"故国神游，多情应笑我，

赤壁古战场

三国猇亭古战场

早生华发"。故国神游，即"神游故国"的倒装句。故国，指旧时三国古战场。神游，指神思驰骋当年周瑜赤壁之战的情景，即缅怀周公瑾的业绩。多情应笑我，即"应笑我多情"的倒装句。多情，易动感情。华发，白头发。这句是说：我到这里来凭吊古战场，缅怀周公瑾，竟如此多情善感，难怪自己的头发过早地白了。"人生如梦，一樽还酹江月"。人生，一作"人间"。樽，酒怀。酹，

苏轼之奔放旷达

一江明月一江秋

把酒洒在地上表示祭奠。酹江月，洒酒江中，邀月同饮。这句是说：人世之间犹如梦幻，且举起酒杯与江月同乐吧！这是一种无可奈何，只好寄情江月的消极感情。词的下片虽然流露出借古慨今的伤感的情绪，但全词气势磅礴，笔力雄浑，豪迈奔放，在最后的喟叹中仍表现出开阔的思想和豁达的胸襟。苏轼具有强烈的儒家救世精神，为人重操守，不以时迁，毁誉不计；一生热爱学问事业，是一个爱民爱国的士子。他能随缘自适，处

逆境而不颓废，处顺境而不淫逸，词作中极富超然物外的旷达，充分显示苏轼坦诚开阔的胸怀、自由洒脱的性格和豪迈的气魄。这一点永远值得后人追随和效仿。

　　词的基调激昂向上，起首用大江比喻历史，深沉而壮阔；其间赤壁古战场的描写，有声、有色、有形，动人心魄；关于周瑜形象和事迹的刻画，栩栩如生。全词气势雄伟，景物壮丽，人物英武，都是典型的豪放之笔。在北宋前期词坛上六朝纤柔文风仍有广泛

苏轼怀有强烈的儒家救世思想，为人重操守

影响之时，这首词全新的美学风貌可谓使天下人耳目一新。

（二）豪情万丈的《江城子·密州出猎》

江城子·密州出猎

老夫聊发少年狂，左牵黄，右擎苍。锦帽貂裘，千骑卷平冈。为报倾城随太守，亲射虎，看孙郎。

酒酣胸胆尚开张，鬓微霜，又何妨！持节云中，何日遣冯唐？会挽雕弓如满月，西北望，射天狼。

这首词作于熙宁八年（1075年）冬天。当时苏轼任密州太守，他的词风于密州时期正式形成，这首词是公认的第一首豪放词。苏轼对这首痛快淋漓之作颇为自得。当时，宋朝的主要边患是辽和西夏，虽然订立过屈辱的和约，可是军事上的威胁还是很严重。苏轼深受儒家民本思想的影响，历来勤政爱民，每至一处，都颇有政绩，为百姓所拥戴。密州时期，他的生活依旧充满了寂寞和失意，郁积愈久，喷发愈烈，遇事而作，必然有如挟海上风涛之气势。全篇的气概都很豪迈，大有"横槊赋诗"的气概。

苏轼画像

《出猎图》

　　这首词的上片绘声绘色地描写了打猎的场面，豪兴勃发，气势恢弘。起句用一"狂"字笼罩全篇，"狂"字是核心，是上片的词眼，借以抒写胸中雄健豪放的一腔磊落之情。苏轼时年38岁，正值盛年，不应言老，却自称"老夫"，又言"聊发"，与"少年"二字形成强烈反差，形象地透视出内心郁积的情绪。苏轼外任或谪居时期常常以"疏狂""狂""老狂"自况，这一点在他的很多词中都有记载，如《十拍子》："强染霜髭扶翠袖，莫道狂

声势浩大的行猎图

夫不解狂。狂夫老更狂。"此中意味，需要特别体会。接着词人形象地描写打猎时的气势，他左手牵黄狗，右手擎猎鹰，头戴锦绣的帽子，身披貂皮的外衣，这本是古代贵族服饰，这里指打猎武士们的装束，气宇轩昂，何等威武。"千骑卷平冈"，率领众多的随从，纵马狂奔，飞快地越过小山冈。特别要注意的是一个"卷"字的特殊表现力，突现出太守率领的队伍，势如大浪滔天，何等雄壮！可见出猎者情绪高昂，精神抖擞。"倾城"即倾动整个城里的人，写"随太守"的观众之多。全城的百姓都来了，来看他们爱戴的太守行猎，万人空巷。这是怎样一幅声势浩大的行猎图啊，太守倍受鼓舞，气冲斗牛，为了报答百姓随行出猎的厚意，决心亲自射杀老虎，让大家看看孙权当年搏虎的雄姿。这里引用了三国时孙权亲自乘马射虎的典故，他要像当年的孙权那样亲自挽弓马前射虎。《三国志》记载在一次出行中，孙权的坐骑为虎所伤，他镇定地在马前打死了老虎。这就在浓墨重彩地描绘出猎的场面后，又特别突出地表现了作者的"少年狂"。苏轼效仿当年的孙权，可见他的政治追求。概括说来，上阕写出猎的壮阔场面，表现出作者壮志踌躇的英雄气概。

下片承接着上片，进一步写"老夫"的"狂"态。词人豪放地写道，出猎之前，痛痛快快喝了一顿酒，意兴正浓，胆气更壮，尽管"老夫"老矣，鬓发斑白，又有什么关系！这里真可谓以"老"衬"狂"，更表现出作者壮心未已的英雄本色。前面我们已经提到，北宋仁宗、神宗时代，国

《胡人出猎图》

苏轼之奔放旷达

苏轼由出猎联想到国事，联想到自己怀才不遇，十分感伤

力不振，国势衰弱，时常受到辽国和西夏的侵扰。北宋政府割地赔银，丧权辱国，令许多尚气节之士义愤难平。苏轼由出猎联想到国事，联想到自己怀才不遇，壮志难酬的处境，不禁以西汉魏尚自况。他并不在意自己的衰老，在意的是朝廷能否重用他，给他机会去建立功业。"持节云中"两句引用了一个典故，是汉文帝与冯唐的故事。据《汉书·冯唐传》记载：汉文帝时，魏尚为云中太守。云中，在今内蒙古托克托县境内，包括山西省西北一部分地区。魏尚抵御匈奴有功，只因报功时多报了六个首级而获罪削职。后来，文帝采纳了冯唐的劝谏，派冯唐持符节到云中去赦免了魏尚。"节"即兵符，古代使节用以取信的凭证。持节，是奉有朝廷重大使命。苏轼当时在政治上处境不甚得意，在这里以守卫边疆的魏尚自喻，希望得到朝廷的信任，希望朝廷能派遣冯唐一样的使臣，前来召自己回朝，得到朝廷的信任和重用。什么时候朝廷能像派冯唐赦免魏尚那样重用自己呢？最后作者表述了自己企望为国御敌立功的壮志，"会挽雕弓如满月，西北望，射天狼"。"天狼"，本意是天狼星，这里用以代指从西北来进扰的西夏军队。到那时

"我"一定会把雕弓拉得满满的，向西北方的天狼星猛射过去。作者以形象的比喻，表达了渴望一展抱负，杀敌报国，建功立业的雄心壮志。可见，下片借出猎的豪兴，苏轼将深隐心中的夙愿和盘托出，其"狂"字下面潜涵的赤诚令人肃然起敬。从而抒写了渴望报效朝廷的壮志豪情。

综观全词，感情纵横奔放，字里行间洋溢着豪放的思想，直率地表现了作者的胸襟、见识、情感志趣、希望理想，充满阳刚之美，成为历史弥珍的名篇。词中一

词人将自己满腔的报国热情倾泻而出，淋漓畅快

苏轼之奔放旷达

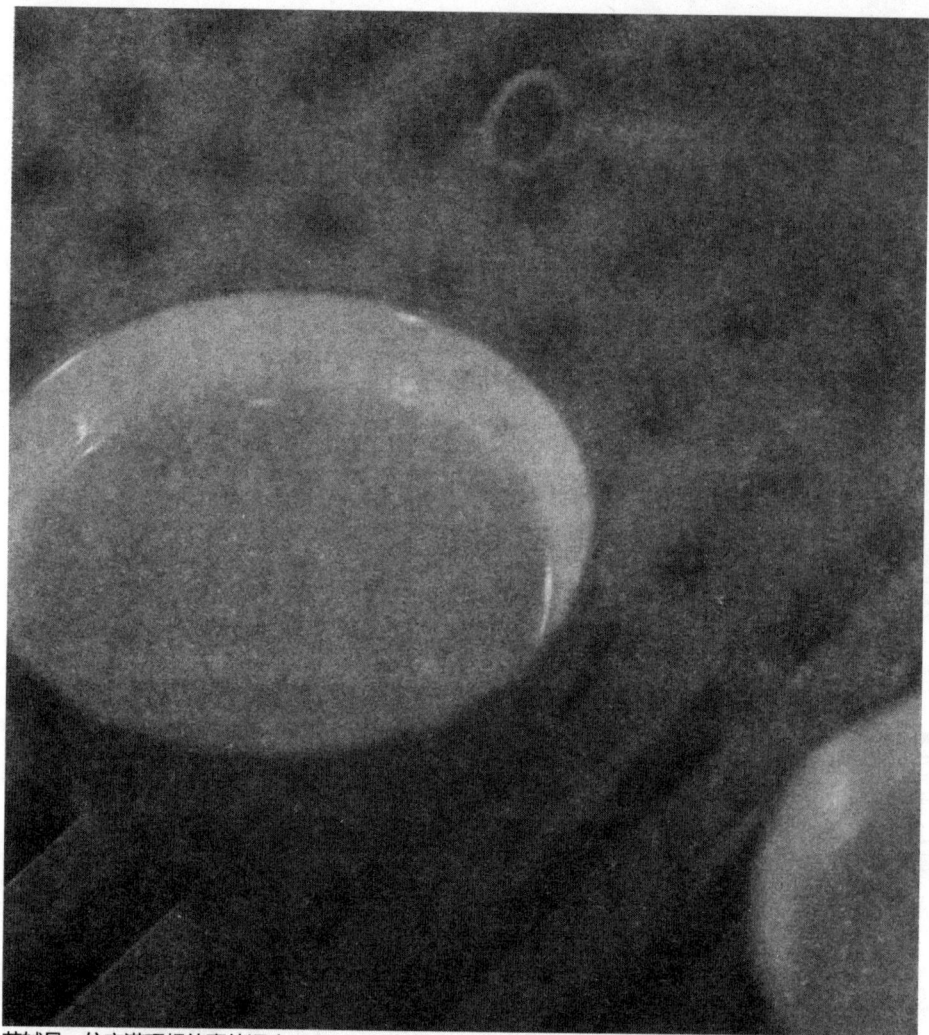

苏轼是一位充满理想的豪放词人

连串的动词如发、牵、擎、卷、射、挽、望等，生动形象，具有特别的表现力。这首词从题材、情感到艺术形象、语言风格都是粗犷、豪放的。同苏轼其他豪放词相比，它是一首豪而能壮的壮词。

五　辛弃疾之慷慨纵横

辛弃疾（1140—1207年），南宋中期最伟大的文学家，原字坦夫，后改字幼安，中年后别号稼轩居士，宋济南历城人，也就是今天的山东济南市。他的爱国词代表了南宋爱国词的最高水平，同时他也是一位智勇双全的英雄，并且天生一副英雄的相貌。在艺术上，他继承和发展了苏轼所开创的豪放风格，使豪放词派"屹然别立一宗"（《四库全书总目》），蔚然成风，震撼宋代词坛，辛弃疾也成为豪放词的一代巨擘和领袖。文学史上人称"词中之龙"，与苏轼并称"苏辛"。著有《稼轩长短句》，今人辑有《辛稼轩诗文抄存》，《全宋词》存词六百二十余首。《四

辛弃疾墓

豪放词派

088

库全书总目提要》称赞他："其词慷慨纵横，有不可一世之概。"王国维在《人间词话》中也评价说："东坡之词旷，稼轩之词豪。"辛词在继承苏词的基础上，以不断创新的精神，终以其浓郁的爱国激情和豪迈悲壮的风格，成为词史上一笔不可多得的宝贵精神财富。

　　辛弃疾现存六百多首词作，写政治，写哲理，写朋友之情、恋人之情，写田园风光、民俗人情，写日常生活、读书感受，可以说，凡当时能写入其他任何文字样式的题材，他都写入词中，范围比苏词还要广泛得多。辛弃疾的词主观感情十分浓烈，具有多种风格，不仅有豪放之作，还有婉约、平淡、清丽之作，甚至还有刚柔交融、摧刚为柔等风格之作。但是其最有代表性的风格还是豪放。辛词善于采用长调，运用豪迈英武的自我形象、飞动壮观的景物场面、浪漫主义的表现手法、跳跃顿挫的层次结构以及小中见大的细节描写，来建造豪放风格，把豪放词发展到了一个空前绝后的境界。正因为如此，辛弃疾在当时和后代都有巨大的影响，模仿者很多，于是有了流传久远的"稼轩派"。下面我们

辛弃疾擅于运用飞动壮观的景物场面抒发情感，富有感染力

辛弃疾的《稼轩长短句》

就来赏析辛弃疾豪放词的代表作《水龙吟·登建康赏心亭》。

（一）《水龙吟·登建康赏心亭》的困龙之哀

水龙吟·登建康赏心亭

楚天千里清秋，水随天去秋无际。遥岑远目，献愁供恨，玉簪螺髻。落日楼头，断鸿声里，江南游子。把吴钩看了，栏干拍遍，无人会，登临意。

休说鲈鱼堪脍，尽西风，季鹰归未？求田问舍，怕应羞见，刘郎才气。可惜流年，忧愁风雨，树犹如此！倩何人、唤取红巾翠袖，揾英雄泪！

1174 年的秋天，建康城（今南京市）的赏心亭等来了一位特殊的游客。他不是来尽观赏之胜，而是拍遍栏杆，仰天长叹。他就是南宋著名的爱国词人辛弃疾。文武全才，偏又生于悲剧时代，于是历史使他成为悲剧人物。然而幸运的是，他为我们留下了千古传诵的《水龙吟·登建康赏心亭》一词。这首词，不知吸引了多少文人墨客的眼球，很多名人都对它指点评论。

要想深入解读作品，一定要知人论世。

辛弃疾任建康通判期间，常畅游秦淮河

既要了解作者，也要了解写作背景。对于作者，我们不仅要知其人，而且要知其全人，知其为人与人生的各个方面；不仅要论其世，而且要论世之影响，论时势影响与作者创作的多种关系。我们知道，1126年，金兵攻占了北宋都城汴京，北宋灭亡。第二年，徽宗第九子康王赵构即位称帝，建立了南宋，从此开始了宋金隔江对立的局面。辛弃疾就生于这个金宋乱世，出生时，家乡山东已为金兵所占。他的幼年和青年时代，都是在女真族奴隶主贵族金政权的统治下度过的。他不满金人的侵略，年轻时就树立了重整乾坤、

雪耻复国的理想，并且成为著名的抗金斗士。
绍兴三十年，金主完颜亮大举南侵，辛弃疾
聚众两千人树起抗金义帜，是年他二十一岁；
绍兴三十一年，他率军投奔耿京，屡建奇功，
是年他二十二岁；绍兴三十二年，张安国杀
耿京叛变，他率五十轻骑生擒张安国，后渡
江投奔南宋朝廷，是年他二十三岁。南归之
初，辛弃疾又上书了《美芹十论》《九议》
等奏疏，陈说抗金方略。但是南宋政府对辛
弃疾的一片忠心与痴心不予理睬，还把他派
到远离前线的地方做官，长期闲置。他作为
南宋臣民四十年，倒有近二十年的时间被闲

南京古都风光

置一旁，而在断断续续被任用的二十多年间又有三十七次频繁调动。但他一有机会，还是真抓实干，忠心不改。可见，他的一生大都在被抛弃的感叹与无奈中度过。当权者不使他为官，却为他准备了锤炼思想和艺术的环境。他被九蒸九晒，水煮油炸，千锤百炼。历史的风云，民族的仇恨，正与邪的搏击，爱与恨的纠缠，知识的积累，感情的浇铸，艺术的升华，这一切都在他的胸中翻腾激荡，如地壳内岩浆的滚动鼓胀，冲击积聚。既然这股能量一不能化作刀枪之力，二不能化作施政之策，便只有一股脑地注入诗词，化为不朽的艺术。

"水龙吟"是词牌，"登建康赏心亭"是词的题目，"建康"是南京市的古称，"赏心亭"原在南京市城西，现在已经不存在了。古人有三五亲朋好友登高望远抒怀的习俗，而此时词人只能独自登高，感受如何呢？词分上下两片，上片写景抒情，分四个层次：

第一层："楚天千里清秋，水随天去秋无际"，这是作者在赏心亭上所见的江景，写得气魄宏大，笔力遒劲，点出了江南的辽阔与秋色的无际，"楚"即吴楚，泛指长江中下游一带，"千里"言其广阔，"清秋"是秋高气爽的季节。两句的意思是，楚天千里，辽远空阔，秋色无边无际，大江流向天边，也不知何处是它的尽头。这一句给人以"置身在无限时空的流动里"的感触，当然很容易引起孤独、渺小和无助的感觉。加上他连续用了两次"秋"的意象，既表明秋色的无所不在，也暗点了词人"心上秋"的悲剧意识。为什么秋色能引起词人和读者的悲剧意识呢？在中国的文化中，"秋"象征着"愁思"。因此，

楚天千里，辽远空阔

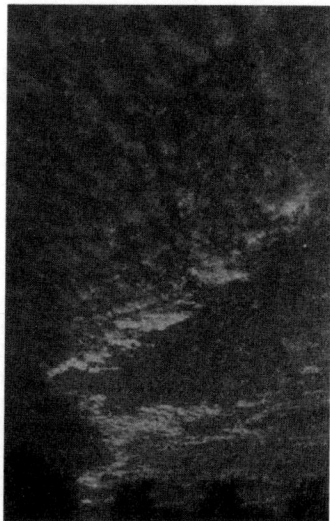

辛弃疾之慷慨纵横

层叠的山密

词人放眼秋色，心生悲愁，自在情理之中。当作者把视线投向北方一带绵延起伏的山岭时，不禁悲从中来。

第二层写道："遥岑远目，献愁供恨，玉簪螺髻"，这是远眺的景象。由于作者情绪情感的投射，远处山峦也染上悲秋的色泽。"遥岑"，即远山，指长江以北沦陷区的山，"献愁供恨"运用了拟人手法，是说山向人献愁供恨。山本来是无情之物，连山也懂得献愁供恨，人的愁恨就可想而知了，颇有杜甫诗歌"感时花溅泪，恨别鸟惊心"的意味。"玉簪""螺髻"都用来比喻山峦。意思是说：放眼望去，那层层叠叠的远山，有的像美人头上插戴的玉簪，有的像美人头上螺旋形的发髻，可是这些却只能引起词人对丧失国土的忧愁和愤恨。因为这些曾是南宋的山峦，现在已经成为金国的国土。特别像词人这样雄心壮志的人物，看来更是满目凄然，悲感之至了。第二层点出"愁""恨"两字，由纯粹写景而开始抒情，由客观而及主观，感情也由平淡而渐趋强烈。

第三层写道："落日楼头，断鸿声里，江南游子。"一句的意象极为灰暗，情调更是悲怆，而且层层写来，淋漓尽致地道出了

长河落日

英雄末路的窘境。"落日楼头"，是视觉意象，不仅写明凄凉的情境，也暗示"时不我与"的悲慨。"断鸿声里"，是听觉意象，写孤雁失群的悲鸣。"断鸿"一词，恐怕是词人当下处境（孤寂）的象征。"江南游子"写自己的现状，作者以此作为自己的代称，可见心里那份不得已的悲哀。当"落日楼头"（看在眼里）"断鸿声里"（听在耳里）落实到"江南游子"心里的时候，其愁恨苦闷恐怕已涨到饱和点了。在写法上，"落日"本是自然景物，既点明时间是黄昏，也隐喻了南宋朝廷日薄西山，国势危殆。"断鸿"，本是失

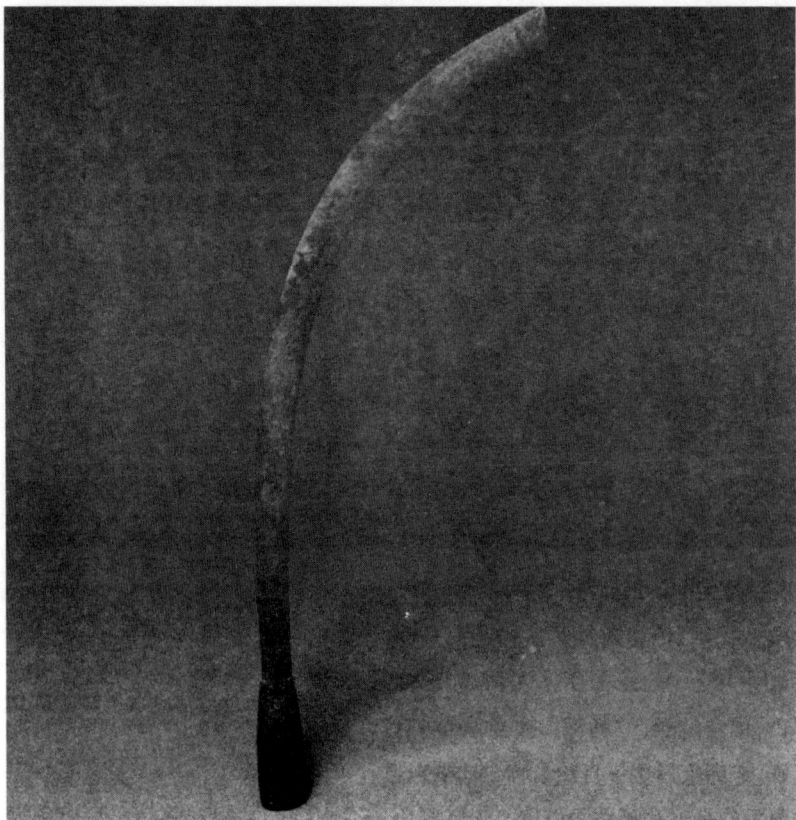

吴钩

群的孤雁，辛弃疾用这一自然景物来比喻自己飘零的身世和孤寂的心境，无所归依。辛弃疾从山东来到江南，归依南宋，原是以南宋为故国，以江南为自己的家乡的，但南宋统治集团对他一直采取猜忌、排挤的态度，致使辛弃疾觉得他在江南真的成了游子了。这种被压抑的爱国热情和英雄无用武之地的悲哀，是没有人能够理解的。所以——

第四层写道："把吴钩看了，栏干拍遍，

无人会，登临意。"如果说前三层是写景寓情的话，那么这一层便是直抒胸臆了。但这里，作者又不是直接用语言来渲染，而是选用有典型意义的动作，淋漓尽致地抒发自己报国无路、壮志难酬的悲愤之情。第一个动作是"把吴钩看了"，吴钩，是吴王阖闾所造的钩形刀，本是战场上杀敌的锐利武器，凭借它可以从事征战、杀敌立功，但现在却闲置身旁，无处用武。这就把作者空有沙场杀敌的雄心壮志的苦闷烘托出来了。然而，作者还嫌不足，接着又写了第二个动作"栏干拍遍"，把胸中那说不出来的抑郁苦闷之气，借拍打栏干来发泄，进一步表现了作者徒有杀敌报国的雄心壮志而无处施展的急切情态。记得有这样一句诗："读书误我四十年，几回醉把栏杆拍"。"无人会，登临意"则是作者的仰天长叹，表达了作者的孤独，在"举世皆浊、众人皆醉"的尘世，他注定当"陌生人"的角色。我们知道，琴师最怕没有知音，英雄最怕置于闲散，苍鹰被锁樊笼，蛟龙搁浅沙滩，那是最难耐、最痛楚的。

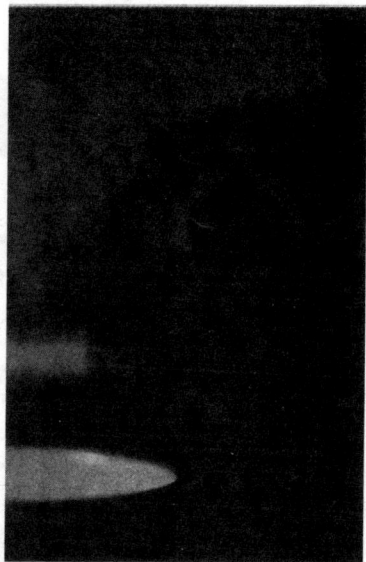

作者徒有杀敌报国的雄心壮志而无处施展，内心苦闷不已

可见，词的上片借景抒情，情感跌宕

起伏。特别是"无人会，登临意"一句，是点睛之句，读了令人回味不已。那么，词人的登临之意究竟是什么呢？赏析到这里，词人一定找到知音了吧？我们继续看下片。

下片则偏重借古讽今，前后辉映，与上片珠联璧合。下片也是四句，不过五十字，用典竟达三处之多。我们来看一看词人引用每个典故究竟要表达什么。

第一层"休说鲈鱼堪脍，尽西风，季鹰归未？"照应上片的"江南游子"一句，"休说"二字下得非常肯定，不容妥协。表明自己的意愿，不想学张季鹰忘情时事、旷达适意的生命态度。根据《晋书·张翰传》所载，张翰

作者表明自己的人生观：不会因乡愁便借口弃官回乡

豪放词派

辛弃疾瞧不起求田问舍、追求个人安逸生活的人

是吴地人，在洛阳作官，见秋风起而思念故乡的莼菜羹、鲈鱼脍，于是辞官回家。词人通过对张季鹰生命态度的批判，说明自己与张季鹰在价值、观念取向上的差异。他不会因乡愁便藉口"人生贵得适志"而弃官回乡，而是不避任何艰难险阻，积极地担当人世间的重任。真是"咬定青山不放松，任尔东南西北风"。

第二层"求田问舍，怕应羞见，刘郎才气"，这里也是用了一个典故。"求田问舍"，就是买地置屋。"刘郎"指三国时刘备，这里泛指有大志之人。据《三国志·陈登传》记载，三国时许汜去看望陈登，陈登对他很冷淡，独自睡在大床上，许汜睡下床。后来许汜把这件事告诉了刘备，刘备说："天下大乱，你忘怀国事，求田问舍，陈登当然瞧不起你。如果碰上我，我将睡在百尺高楼，叫你睡地下，岂止相差上下床呢？"这里用以表明词人的坚贞抉择，是说如果像许汜那样求田问舍，追求个人温饱的话，就会让天下英雄耻笑。词人应用这个典故，言外之意既准确又深刻。可见他入世之心十分强烈、积极，因此，"国事、家事、天下事，事事关心"，这与求田问舍、谋求隐逸生活的生命态度是迥然不同的。此种入世精神与前面对张季鹰出世的批判，意义一致，是词人的自剖。词人的抱负，不在一己，而在天下。

第三层"可惜流年，忧愁风雨，树犹如此"，"流年"，就是时光流逝。"风雨"，指国家处在风雨飘摇之中。"树犹如此"也是用了一个典故。据《世说新语》记载，东晋桓温出征，经过金城，看到他早年栽种的柳树已长到十围那么粗大，便感叹地说："木犹如此，人何以堪？"意思是说树尚且这样，人怎么会不老呢？词人用这个典故的意思是，岁月是无情的，它连树木都不放过，何况是人呢？自古英雄最忌老迈。梦想的落空，对

木犹如此，人何以堪

酒馆茶楼一角

英雄而言，是最悲惨的打击，生命的意义也可能为之幻灭。这一层实际上是控诉南宋集团不能任用人才，使爱国志士无所作为，虚掷年华。这可以说是"登临意"的核心内容，也是全词的核心，是《水龙吟》词的主题思想的体现。

所以词的最后说："倩何人，唤取红巾翠袖，揾英雄泪。"这是作者抒发"登临意"的第四层意思。"倩"，这里是请、央求的意思。"红巾翠袖"，是女子的装束，这里借代歌女。"揾"，是擦拭。"倩何人"，请什么人的意思。南宋社会歌馆林立，歌女很多，呼之即来，为何要请人去"唤取"呢？而且还不知道要请"何人"，这就说明这位"红巾翠袖"非常难请到，实际上这抒发了词人的一种不被知遇的无可奈何的心情。我们知道，封建社会的歌女，是为了生计而不得不在歌楼酒馆里卖唱或卖身

辛弃疾之慷慨纵横

的女子，杜牧有诗句"商女不知亡国恨，隔江犹唱《后庭花》"，诗中"商女"指的就是歌女，杜牧在诗中用曲笔借歌女不知亡国恨，来谴责统治者。作为歌女，她不可能理解像词人这类爱国志士的失意情怀，也就不可能擦干词人因故土难以收复，壮志难以实现的英雄失意及思乡的老泪，充其量能擦干的是贵族公子哥儿的相思之泪。所以，这一句是作者自伤抱负不能实现，时无知己，得不到同情与慰籍的悲叹。同时也与上片的"无人会，登临意"相呼应。昆曲《夜奔》中有这样的唱句："丈夫有泪不轻弹，只因未到伤心处"。英雄而至于落泪，可见辛弃疾当时心中是多么苦闷和伤心。尽管如此，我们依然能感受到词人那不妥协的生命态度与高贵的英雄气节。

词人常借登高怀古释恨抒怀

词的下片三次引用典故，使得词人的胸怀、词人的志气、词人的无奈、词人的执著，这一切的一切都在词中表露无遗。那么，词人登临怀古释恨抒怀，究竟要表达怎样的思想感情呢？辛弃疾创作这首词的情感起因是"无人会，登临意"的郁闷，因此诗人在词中宣泄的是报国无门、壮志

辛弃疾之慷慨纵横

北固山拥有悠久的历史文化

难酬的悲愤。

辛弃疾是我国历史上唯一一位由行伍出身，最终以文为业的大诗词作家。历史歪打正着地把他逼上了词人之路，把他修炼成既有思想又有人格魅力、艺术魅力的词人。恩格斯在评论文艺复兴时期的巨人时指出："他们几乎全都处在时代运动中，在实际斗争中生活着和活动着，站在这一方面或那一方面进行斗争，有人用舌和笔，有人用剑，有些人则两者并用。"辛弃疾就是笔和剑两者并用的人。他在时代的运动中，就像地球大板块的冲撞那样，时而被夹在其间备受折磨，时而又被甩在一旁冷静思考。所以积三百年北宋南宋之动荡，才产生了一个辛弃疾。

（二）《永遇乐·京口北固亭怀古》的逸怀浩气

永遇乐·京口北固亭怀古

千古江山，英雄无觅，孙仲谋处。舞榭歌台，风流总被雨打风吹去。斜阳草树，寻常巷陌，人道寄奴曾住。想当年，金戈铁马，气吞万里如虎。

元嘉草草，封狼居胥，赢得仓皇北顾。四十三年，望中犹记，烽火扬州路。可堪回首，佛狸祠下，一片神鸦社鼓。凭谁问，廉颇老矣，尚能饭否？

京口北固亭

这是辛弃疾于开禧元年(1205年)66岁任镇江知府时，登上京口北固亭后所写的一首词。词人面对锦绣河山，怀古喻今，抒发志不得伸、不被重用的忧愤情怀，全词放射着爱国主义的思想光辉。辛弃疾耿介正直，坦率直爽，仕途极不得志。但他是一个志士失意，却不失其志、不失其正的人。他积极进取，力主抗战复国，并且深谋远虑，骁勇善战。但在南宋时，主战派势力总居下风，因此，有很长一段时间，辛弃疾都在江西乡下赋闲，不得重用。后

辛弃疾曾任镇江知府

来，宰相韩侂胄重新起用了辛弃疾。但这位裙带宰相是有目的的，就是急于北伐，起用主战派，以期通过打败金兵而捞取政治资本，巩固他在朝的势力。精通兵法的辛弃疾深知战争决非儿戏，一定要做到知己知彼，他派人去北方侦察后，认为战机未成熟，主张暂时不要草率行事。哪知，韩侂胄却猜疑他，把他贬为镇江知府。北伐当然能唤起他恢复中原的豪情壮志，但是对独揽朝政的宰相轻敌冒进，又感到忧心忡忡。这种老成谋国、深思熟虑的情怀及矛盾交织复杂的心理状态，在这首篇幅不大的作品里充分地表现出来，成为传诵千古的名篇。

词以"京口北固亭怀古"为题。京口是三国时吴大帝孙权设置的重镇，并一度为都城，也是南朝宋武帝刘裕生长的地方。登楼可望见已属金国的长江以北的广大地区。可以想象，辛弃疾在京口期间，肯定不止一次登楼，登楼之时，定有几多感慨存诸心中，蓄积起来，如骨鲠在喉，不吐不快。这样，他只能把民族矛盾的烽烟血泪，山河破碎、偏安一隅的屈辱，爱国之心抑郁不舒、壮志未酬沉痛苍凉的心境，熔铸在词中。

古人登高望远必怀古。面对锦绣江山，缅怀历史上的英雄人物，正是像辛弃疾这

千古江山，英雄无觅

辛弃疾之慷慨纵横

样的英雄志士登临之情意，词正是从这里起笔的。由眼前所见而联想到两位著名历史人物——孙权和刘裕，对他们的英雄业绩表示向往。江山千古，欲觅当年英雄而不得，起调不凡。"千古江山，英雄无觅，孙仲谋处"是说：千百年来江山依旧，却无处寻找像孙权那样的英雄人物了。孙仲谋即孙权，字仲谋，三国时吴国的君主。不仅如此，"舞榭歌台，风流总被雨打风吹去"。当年的繁华盛况和英雄业绩都随着时光的流逝，在风吹雨打中消失了。"舞榭歌台"即歌舞的楼台。"风流"这里指英雄的业绩。"斜阳草树，

南朝宋武帝刘裕画像

豪放词派

寻常巷陌，人道寄奴曾住"。这三句是说，刘裕住过的地方现在已成了斜阳草树中的普通街巷。寄奴即南朝宋武帝刘裕的小名。孙权以区区江东之地，抗衡曹魏，开疆拓土，营造出了三国鼎峙的局面。尽管斗转星移，沧桑巨变，然而他的英雄业绩是和千古江山相辉映的。刘裕是在贫寒、势单力薄的情况下逐渐壮大的。以京口为基地，削平了内乱，取代了东晋政权。他曾两度挥戈北伐，收复了黄河以南大片故土。这些振奋人心的历史事实，被形象地概括在"想当年，金戈铁马，气吞万里如虎"三句话里。英雄人物留给后人的印象是不可磨灭的，因而"斜阳草树，寻常巷陌"，传说中他的故居遗迹，还能引起人们的瞻慕追怀。在这里，作者发的是思古之幽情，写的是现实的感慨。无论是孙权或刘裕，都是从百战中开创基业，建国东南的。这和南宋统治者苟且偷安的表现，形成了鲜明的对照！这里对历史人物的赞扬，也就是对主战派的期望和对南宋朝廷苟安求和者的讽刺和谴责。可见，66岁的辛弃疾壮心不已，词中依然暗蕴着一股不屈不挠的刚健豪气，始终保持着英雄壮士血性男儿

夕阳西下

狼居胥，又名"狼山"

的本色。

如果说，词的上片借古意以抒今情，情感还比较外显，那么，词的下片，作者通过典故所揭示的历史意义和现实感慨，就更加意深而味隐了。这首词的下片共十二句，有三层意思。峰回路转，愈转愈深，意境深宏博大，给人以沉郁顿挫之感。

"元嘉草草"三句，用古事影射现实，尖锐地提出一个历史教训。这是第一层。元嘉：刘裕的儿子宋文帝刘义隆的年号（242—253年）。"草草"指刘义隆北伐准备不足，草率出兵。"封"即古代在山上筑坛祭天的仪式。这里指"封山"。狼居胥：山名，又

呼和巴什格山峰是狼山的最高峰

名"狼山"，在今内蒙古自治区西北郊。汉代霍去病追击匈奴至狼居胥，封山而还，后来就把"封狼居胥"作为开拓疆土，建立战功的代称。赢得：剩得，落得。仓皇北顾：在仓皇败退时，回头北望追兵，宋文帝有"北顾涕交流"的诗句记此次失败，本想建立战功，结果却落得个大败而还，北顾追兵，仓皇失措。史称南朝宋文帝刘义隆有收复河南之志，他曾三次北伐，都没有成功，特别是元嘉二十七年的最后一次，失败得更惨。用兵之前，他听取彭城太守王玄谟陈说北伐之策，非常激动地说："闻玄谟陈说，使人有封狼居胥意。"（见《宋书·王玄谟传》）"有封狼居胥意"

辛弃疾之慷慨纵横

是说有北伐必胜的信心。当时分据在北中国的元魏，并非无隙可乘，从南北军事实力的对比来看，北方也并不占优势。若能妥善筹划，收复一部分河南旧地是完全可能的。可是宋文帝急于事功，头脑发热，听不进老臣宿将的意见，轻启兵端。结果不仅没有得到预期的胜利，反而招致元魏大举南侵，弄得两淮残破，国势从此一蹶不振了。这几句是辛弃疾在语重心长地告诫南宋朝廷：要慎重啊！你看，元嘉北伐，由于草草从事，"封狼居胥"的壮举，只落得"仓皇北顾"的哀愁。想到这里，稼轩不禁抚今追昔，感慨万端。随着作者思绪的剧烈波动，词意不断深化，而转入了第二层。

四十三年后的今天，登高遥望扬州一带，当年的抗金烽火，记忆犹新。"扬州路"指今天江苏扬州一带。辛弃疾是四十三年前，即绍兴三十二年（1162 年）率众南归的。那峥嵘的战斗岁月，是他英雄事业的开始。当时，宋军在采石矶击破南犯的金兵，完颜亮为部下所杀，人心振奋，北方义军纷起，动摇了女真贵族在中原的统治，形势是大有可为的。刚即位的宋孝宗也颇有恢复之志，起用主战派首领张浚，积极进行北伐。可是符

西汉名将霍去病墓

豪放词派

楚天千秋烽火扬州

离败退后，他就坚持不下去，于是主和派重新得势，再一次与金国通使议和。从此，南北分裂就进入了一个相对稳定的状态，而辛弃疾的鸿鹄之志也就无从施展。时机是难得而易失的。四十三年后，重新经营恢复中原的事业，民心士气，都和四十三年前有所不同，当然要困难得多。于是词人感慨道：

"可堪回首，佛狸祠下，一片神鸦社鼓。"往事真不堪回想，在敌占区里北魏皇帝佛狸的庙前，香烟缭绕，充满一片神鸦的叫声和社日的鼓声！"可堪"即怎能忍受得了。佛狸祠在长江北岸今江苏六合县东南的瓜步山上。永嘉二十七年，北魏太武帝拓跋焘南侵

辛弃疾之慷慨纵横

辛弃疾登临北固山并留下千古传唱的作品

时，曾在瓜步山上建行宫，后来成为一座庙宇。拓跋焘小字佛狸，所以民间把它叫做佛狸祠。"神鸦"即飞来吃祭品的乌鸦。"社鼓"就是社日祭神的鼓乐声。这三句是说，人们忘记了过去的历史，竟在佛狸祠下迎神赛社，一片太平景象，真有不堪回首之感。"烽火扬州"和"佛狸祠下"的今昔对照所展示的历史图景，正唱出了词人四顾苍茫、百感交集、不堪回首的感慨。

四十三年过去了，当年扬州一带烽火漫天，瓜步山也留下了南侵者的足迹，这一切记忆犹新，而今佛狸祠下却是神鸦社鼓，一

片安宁祥和景象，全无战斗气氛。令辛弃疾感到不堪回首的是，隆兴和议以来，朝廷苟且偷安，放弃了多少北伐抗金的好时机，使得自己南归四十多年，而恢复中原的壮志无从实现。在这里，深沉的时代悲哀和个人身世的感慨交织在一起。那么，辛弃疾是不是就认为良机已经错过，事情已无法挽救了呢？当然不是这样。据历史记载，对于这次北伐，他是赞成的，但认为必须做好准备工作；而准备是否充分，关键在于举措是否得宜，在于任用什么样的人主持其事。他曾向朝廷建议，应当把用兵大计委托给元老重臣，暗示

作者在词中表明自己老当益壮、临阵思战的凌云壮志

辛弃疾之慷慨纵横

由自己来担任，准备在垂暮之年，挑起这副重担；然而事情并不是他所想象的那样，于是他就发出"凭谁问：廉颇老矣，尚能饭否"的慨叹，词意转入了最后一层。

谁还来问：廉颇老了，饭量还好吗？读到这里，我们会很自然地把老将廉颇和辛弃疾联系起来。这一句借古人为自己写照，既表现了他老当益壮、临阵思战的凌云壮志，又点明了他屡遭谗毁、投闲置散的实际遭遇，同他的心情、身份都有一致之处，含义也就更加深刻了。我们赏析这首词时，一定要深刻理解稼轩选用这一典故的用意，那就是他把个人的政治遭遇放在当时宋金民族矛

"蔺相如回车巷"，相传这是蔺相如为廉颇回车让路的地方

豪放词派

盾以及南宋统治集团的内部矛盾的焦点上来抒写自己的感慨，赋予词中的形象以更丰富的内涵，从而深化了词的主题。这里我们一定要注意廉颇这个独特的形象：廉颇在赵国，不仅是一员猛将，而且在秦赵长期相持的斗争中，他是一位能攻能守、勇猛而持重的老臣宿将，晚年被人陷害而出奔魏国。后秦攻赵，赵王想再用廉颇，怕他已衰老，派使者去探看。廉颇的仇人郭开贿赂了使者，要他回赵后说廉颇的坏话，使者回赵后，就捏造廉颇虽然年老，饭量还很大，但一会儿工夫就拉了好几次屎。赵王听后认为廉颇已经不中用了，便不去召他回赵。（《史记·廉颇蔺相如列传》）所以说，廉颇个人的遭遇，正反映了当时赵国统治集团内部的矛盾和斗争。从这一形象所蕴含的历史意义，再结合作者四十三年来的身世遭遇，特别是此后不久他又被朝廷一脚踢开的遭遇，我们就更能体会到辛弃疾作此词时的处境和心情，就会更深刻地理解他的忧愤之深广。

廉颇最终的遭遇唤起了辛弃疾情感上的共鸣

总结说来，下片引用南朝刘义隆冒险北伐，招致大败的历史事实，忠告朝廷要吸取历史教训，不要草率从事；接着用

阳刚之美

四十三年来抗金形势的变化，表示词人收复中原的决心不变；结尾三句，借廉颇自比，表示出词人报效国家的强烈愿望和对宋室不能任用人才的慨叹。词中雄心内敛，压抑高调，以词论政，义重情深。全词既有豪迈威武的英雄形象，又充满慷慨悲壮之气。我们完全能感受得到，辛弃疾词中的豪言壮语，是用杀敌报国的刀光剑影描绘出来的，是在血与火的战斗洗礼中熔铸出来的。并且词中用典贴切自然，紧扣题旨增强了作品的说服力和内涵。杨慎在《词品》中说："辛词当以京口北固亭怀古《永遇乐》为第一。"

　　词家论词，自古就有豪放婉约之别。纵观词的发展历程，豪放词可谓是后起之秀。从总体风格和审美效果说，相对于婉约词的"杏花春雨江南"，豪放词则壮美如"骏马秋风塞北"，富奇男子阳刚之美。关于阳刚之美的特质，桐城派大师姚鼐曾经进行过形象的描述："其得于阳刚之美者，则其文如霆如电，如长风之出谷，如崇山峻崖，如决大川，如奔骐骥。"

豪放词派